專門替入門寫的

圖解英語會話

檸檬樹

出版前言

　　實踐英語會話的第一步，就是順暢完成「問」與「答」，用來提問的「疑問詞」，因為各具「核心意義」，外國人只要「聽到你說的第一個疑問詞」，就知道你要表達什麼！因此，對話時除了堆砌表達內容，更要重視「說對第一個字」的關鍵發言！

正確使用疑問詞，能夠將會話「引導至正確方向」！

　　大家都知道 When 是問「時間」、Why 是問「原因」、Who 是問「誰」。但是，運用於會話時，只依賴字面意思，非常容易誤用疑問詞；要正確使用，必須兼顧「時態」、「核心字義」等因素。例如：

◎ 詢問【幾點…？】

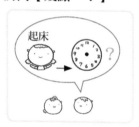

（○）What time …?
（Ｘ）When is …?

因為是詢問「確實、精確的時間」，
所以要選擇核心字義是「具體訊息」的「**What…**」。

◎ 詢問【你曾經…嗎？】

（○）Have you …?
（Ｘ）Did you …?

因為是詢問「過去到現在的經驗」，
所以要選擇核心字義是「過去到現在」的「**Have…**」。

◎ 詢問【你是某某人嗎？】

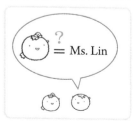

（○）Are you …?
（Ｘ）Who are you …?

因為是詢問「是否為…」，
所以要選擇核心字義是「是否」的 be 動詞「**Are…**」。

獨家披露！疑問詞最關鍵的「核心字義」；
英語開不了口，搞定「疑問詞」，就可以！

How ——— 核心字義是「怎麼樣的」，適用於詢問「狀態、方法、程度」
What ——— 核心字義是「具體是什麼」，適用於詢問「具體事物、訊息、時點」
Which —— 核心字義是「哪一個」，適用於詢問「眾多選項中的哪一個、哪一位」
Who ——— 核心字義是「何人」，適用於詢問「是誰、身分為何」
When —— 核心字義是「何時」，適用於詢問「什麼時候」
Where —— 核心字義是「何地」，適用於詢問「地點、位置」
Why ——— 核心字義是「為何」，適用於詢問「原因」
Be動詞 —— 核心字義是「是否」，適用於詢問「是否為…、是否處於…」
Do ——— 核心字義是「通常是否會做」，適用於詢問「是否總是、喜歡、認為」
Have —— 核心字義是「過去到現在」，適用於詢問「是否曾經…、是否持續…」
Will ——— 核心字義是「意願」，適用於詢問「是否願意…」
Can ——— 核心字義是「能力」，適用於詢問「是否有能力…、是否可以…」

從「核心字義」出發，掌握「說對第一個字」的關鍵發言！

◎【How】核心字義是「怎麼樣的」，適用於詢問「狀態、方法、程度…」：
　　狀態：How are you today?（你今天好嗎？）
　　方法：How do you get to work?（你通常如何上班？）
　　程度：How much is the total?（總共多少錢？）

◎【What】核心字義是「具體是什麼」，適用於詢問「具體事物、訊息、時點」：
　　具體事物：What is Wi-Fi?（「Wi-Fi」是什麼？）
　　具體訊息：What colors do you like?（你喜歡什麼顏色？）
　　具體時點：What time is it?（現在幾點？）

◎【Which】核心字義是「哪一個」，適用於詢問「眾多選項中的哪一個、哪一位」：
　　（數個之中）哪一個：Which one is mine?（哪一個是我的？）
　　（數人之中）哪一位：Which person is your boss?（哪一個人是你的老闆？）

◎【Be動詞】核心字義是「是否」，適用於詢問「是否為⋯、是否處於⋯」：

是否為某人：Are you Miss Liu?（你是劉小姐嗎？）

是否處於某情緒：Are you nervous?（你是否緊張？＝你是否處於緊張狀態？）

◎【Do】核心字義是「通常是否會做」，適用於詢問「是否總是、喜歡、認為⋯」：

是否經常：Do you often dine out?（你是否經常外食？）

是否喜歡：Do you like fast food?（你是否喜歡速食？）

【兩階段學習】：循序漸進達成「對答如流」！

◎ 第一階段 PART 1：學習【問得正確】的基本概念
◎ 第二階段 PART 2：學習【能問能答】的互動應用

PART 1──掌握【疑問詞】，是延續話題的關鍵！

詳細說明 15 類疑問詞的核心字義，並列舉衍生的 85 種具體提問、適用情境。每一個疑問句型，不需要死背、硬記，透過「主題句的情境因素」，搭配「實際的圖像解說」、「條列式使用說明」，一看就懂這個句型「為什麼是這些字加上那些字」，並能學習更多的相關說法。

◎【疑問詞 How】的具體提問
詢問：「人、事、物」目前的狀態
詢問：你「通常如何做」某事
詢問：兩者之間「相差多少」

◎【疑問詞 What】的具體提問
詢問：「某事、某物」是什麼
詢問：你對人事物的「看法是什麼」

◎【Be動詞疑問句】的具體提問
詢問：你是否為「某人、某種特質的人」
詢問：你是否「處於某種狀態」
詢問：你目前、現階段「是否正在做某事」

PART 2——圖解【關鍵詞】，英語對話非難事！

81 種生活話題的實境演練。【左頁】：「主動提問」的句子；【右頁】：「主動表達」
的句子。從一個會話情境，同時學會「問」與「答」，不論扮演哪一種角色都不怕。

【左頁】：主動提問，延續話題不冷場！ | 【右頁】：主動表達，回應話題不詞窮！

幾歲？

How old…?

快要…歲

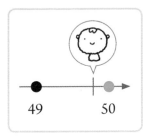

almost

Q：【幾歲？】你幾歲？
Q：【相差幾歲？】你姊姊比你大幾歲？
Q：【哪一年出生？】你是哪一年生的？
Q：【什麼時候生日？】你生日什麼時候？
Q：【滿…幾歲嗎？】你滿 20 歲了嗎？

A：【快要…歲】我快要 50 歲。
A：【未滿…歲】我未滿 18 歲。
A：【…多歲】我 30 多歲。
A：【生於…年】我出生於 1980 年。
A：【年紀小…歲】我比我哥哥小 3 歲。

各類話題實際運用，熟悉各種領域的豐富表達！

全書 81 種實境對話，以最貼近生活實用的取材角度，提供豐富的英語話題線索：
【基本資料】相關：談論你我的「名字、年齡、個性、興趣…」
【外　　表】相關：談論你我的「身高、身材、皮膚、臉蛋…」
【工　　作】相關：談論你我的「工作內容、工作時間、工作態度…」
【飲　　食】相關：談論你我的「早餐、午餐、晚餐、飲食習慣…」
【人際關係】相關：談論你我的「兄弟姊妹、情人、朋友、老闆…」
【好 心 情】相關：談論你我的「快樂、驚訝、感動、有信心…」
【流　　行】相關：談論你我的「名牌、美容保養、減肥、整型…」
【生　　活】相關：談論你我的「捷運、天氣、樂透、旅遊、健康…」

檸檬樹出版社 敬上

掌握「疑問詞」，達成「說對第一個字」的關鍵發言！

〔How〕　　　我想了解：**狀態、方法、程度、原因**

〔What〕　　　我想了解：**具體事物、具體訊息、具體時點**（幾點鐘、星期幾…）

〔Which〕　　我想了解：**是眾多選項中的哪一個**

〔Who〕　　　我想了解：**是誰、身分為何**

〔When〕　　　我想了解：**什麼時候**（幾月、幾日、哪一天、哪一段時間）

〔Where〕　　我想了解：**地點、位置**

〔Why〕　　　我想了解：**原因**

〔Be動詞〕　我想了解：**是否為…、是否處於…、是否存在有…**

〔Do〕　　　我想了解：**是否會做…、是否總是做…、是否喜歡、討厭、認為…**

〔Have〕　　　我想了解：**過去到現在是否做了…、是否曾經…、是否持續…**

〔Will〕　　　我想了解：**是否願意…**

〔Can〕　　　我想了解：**是否有能力…、是否可以…**

〔Could〕　　有禮貌地詢問：**是否可以…**

〔Would〕　　有禮貌地詢問：**是否有意願…、是否介意…**

〔May〕　　　有禮貌地詢問：**我是否可以…**

● 詳述：【How】提問實例　　　　● 詳述：【What】提問實例

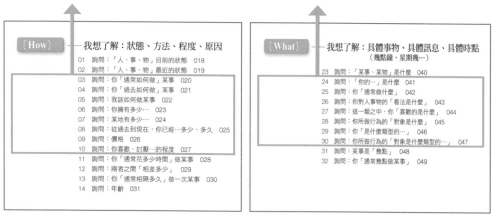

PART 1：掌握【疑問詞】，是延續話題的關鍵！

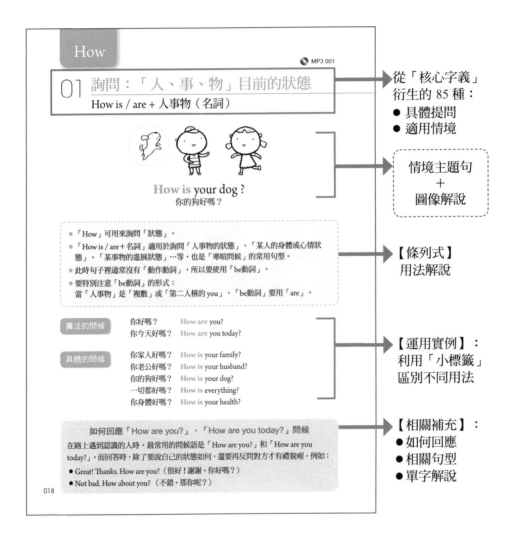

How

🔊 MP3 001

01 詢問：「人、事、物」目前的狀態
How is / are + 人事物（名詞）

How is your dog?
你的狗好嗎？

從「核心字義」
衍生的 85 種：
● 具體提問
● 適用情境

情境主題句
＋
圖像解說

- 「How」可用來詢問「狀態」。
- 「How is / are + 名詞」適用於詢問「人事物的狀態」、「某人的身體或心情狀態」、「某事物的進展狀態」…等，也是「寒暄問候」的常用句型。
- 此時句子裡通常沒有「動作動詞」，所以要使用「be動詞」。
- 要特別注意「be動詞」的形式：
  當「人事物」是「複數」或「第二人稱的you」，「be動詞」要用「are」。

【條列式】
用法解說

| 屬泛的問候 | 你好嗎？ | How are you? |
| | 你今天好嗎？ | How are you today? |

具體的問候	你家人好嗎？	How is your family?
	你老公好嗎？	How is your husband?
	你的狗好嗎？	How is your dog?
	一切都好嗎？	How is everything?
	你身體好嗎？	How is your health?

【運用實例】：
利用「小標籤」
區別不同用法

如何回應「How are you?」、「How are you today?」問候
在路上遇到認識的人時，最常用的問候語是「How are you?」和「How are you today?」。而回答時，除了要說自己的狀態如何，還要再反問對方才有禮貌喔。例如：

- Great! Thanks. How are you?（很好！謝謝。你好嗎？）
- Not bad. How about you?（不錯。那你呢？）

【相關補充】：
●如何回應
●相關句型
●單字解說

018

PART 2：圖解【關鍵詞】，英語對話非難事！

本書內容為【兩階段學習】，透過循序漸進，就能達成「對答如流」！
- 第一階段 PART 1：學習【問得正確】的基本概念
- 第二階段 PART 2：學習【能問能答】的互動應用

● 【左頁】：主動提問，延續話題不冷場！

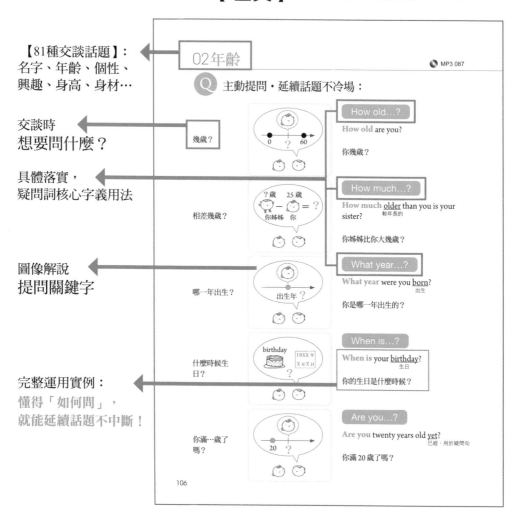

【81種交談話題】：
名字、年齡、個性、
興趣、身高、身材…

交談時
想要問什麼？

具體落實，
疑問詞核心字義用法

圖像解說
提問關鍵字

完整運用實例：
懂得「如何問」，
就能延續話題不中斷！

PART 2 是【81 種特定主題的實境對話】，左、右頁具有不同功能，可同時學會「問」與「答」。在真實的會話中，不論扮演「發問者」或「回答者」，都能從容應對！

● 【右頁】：主動表達，回應話題不詞窮！

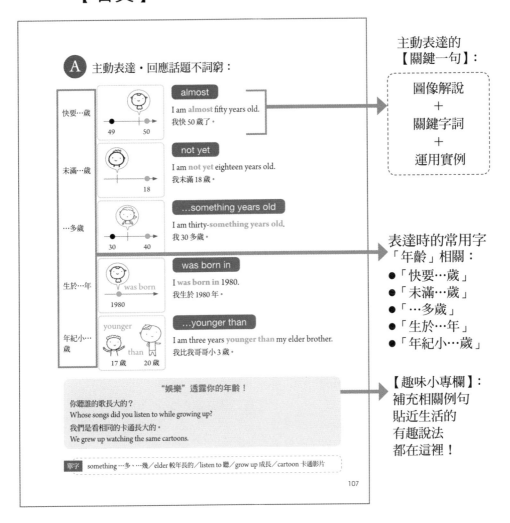

主動表達的
【關鍵一句】：

圖像解說
＋
關鍵字詞
＋
運用實例

表達時的常用字
「年齡」相關：

● 「快要…歲」
● 「未滿…歲」
● 「…多歲」
● 「生於…年」
● 「年紀小…歲」

【趣味小專欄】：
補充相關例句
貼近生活的
有趣說法
都在這裡！

目錄

PART 1　掌握【疑問詞】，
　　　　　　是延續話題的關鍵！

〔How〕────我想了解：狀態、方法、程度、原因

PART 2 圖解【關鍵詞】，英語對話非難事！

左頁：主動提問，延續話題不冷場！
右頁：主動表達，回應話題不詞窮！

減肥

9 AM　5 PM
上班 → 下班

PART 1 掌握【疑問詞】，
是延續話題的關鍵！

〔How 〕
〔What 〕
〔Which 〕
〔Who 〕
〔When 〕
〔Where〕
〔Why 〕
〔Be 〕
〔Do 〕
〔Have 〕
〔Will 〕
〔Can 〕
〔Could 〕
〔Would 〕
〔May 〕

How

 MP3 001

01 詢問：「人、事、物」目前的狀態

How is / are + 人事物（名詞）

How is your dog？
你的狗好嗎？

- 「How」可用來詢問「狀態」。
- 「How is / are＋名詞」適用於詢問「人事物的狀態」、「某人的身體或心情狀態」、「某事物的進展狀態」…等，也是「寒暄問候」的常用句型。
- 此時句子裡通常沒有「動作動詞」，所以要使用「be動詞」。
- 要特別注意「be動詞」的形式：
  當「人事物」是「複數」或「第二人稱的you」，「be動詞」要用「are」。

| 廣泛的問候 | 你好嗎？ | How are you? |
| | 你今天好嗎？ | How are you today? |

具體的問候	你家人好嗎？	How is your family?
	你老公好嗎？	How is your husband?
	你的狗好嗎？	How is your dog?
	一切都好嗎？	How is everything?
	你身體好嗎？	How is your health?

如何回應「How are you?」、「How are you today?」問候

在路上遇到認識的人時，最常用的問候語是「How are you?」和「How are you today?」。而回答時，除了要說自己的狀態如何，還要再反問對方才有禮貌喔。例如：

- Great! Thanks. How are you?（很好！謝謝。你好嗎？）
- Not bad. How about you?（不錯。那你呢？）

018

How

02 詢問：「人、事、物」最近的狀態
How have / has + 人事物（過去分詞）

過去 → 現在 ?

How have you been?
你最近過得如何？

- 「How」可用來詢問「狀態」。
- 「How have / has＋過去分詞」適用於詢問「最近這段時間人事物的狀態」、「最近這段時間某人的身體或心情狀態」、「最近這段時間某事物的進展狀態」…等，也是「寒暄問候」的常用句型。
- 此句型的時態是「現在完成式」，「現在完成式」所表示的是「過去持續到現在的狀態」。所以詢問的重點是在於「最近這段時間的種種」。
- 可搭配「lately」、「recently」、「these days」等，表示「最近」的時間副詞。
- 當句子中的「人事物」是「第三人稱、單數」時，完成式助動詞要用「has」。

| 廣泛的問候 | 你最近過得如何？ | How have you been lately? |

具體的問候	你的身體最近如何？	How has your health been these days?
	你的心情最近如何？	How has your mood been recently?
	你的工作最近如何？	How has your work been lately?

要注意「How have you been?」的使用時機

「How have you been?」（你最近過得如何？）和「How are you?」（你好嗎？）都是常用的「問候語」。但是下列兩種情況不適合使用「How have you been?」：

(1)【面對初次見面的人】：因為「How have you been?」的意思是「從我上次遇見你到現在的這段時間，你過得如何？」，所以不適用初次見面的人。

(2)【短時間內曾和對方聯絡過】：因為如果你昨天才和對方碰過面，就理所當然知道對方最近過得如何，不需要多此一問。

How

03 詢問：你「通常如何做」某事

How do you ＋ 做某事（動詞原形）

How do you get to work?
你通常如何去上班？

- 「How」可用來詢問「方法」。
- 「How do you＋動詞原形」適用於詢問對方「通常如何做某事」、「通常採取何種工具做某事」、「通常採取何種方法做某事」。指「慣性做某事」的方法。

通常的工具

你通常如何去上班？	How do you get to work?
（*問交通工具）	
你通常如何保養皮膚？	How do you take care of your skin?
（*問保養工具）	

通常的方法

你通常如何理財？	How do you manage your money?
你通常如何保持身材？	How do you keep your figure?
你通常如何維持健康？	How do you stay in shape?
你通常如何消除壓力？	How do you relieve stress?
你通常如何處理工作低潮？	How do you deal with bad times at work?

不要誤解「stay in shape」的意思！

「shape」最常見的意思是「形狀、外形」，但「shape」還有另一個意思是指「生理上強壯且健康的狀態」。要注意，上方例句的「stay in shape」是指「維持身體的健康狀態」，並非指「維持身材」。此種用法的相關片語有：

- back in shape（《尤指藉由運動及飲食》回到健康的狀態）
- out of shape（不健康的狀態；脫離健康的狀態）

04 詢問：你「過去如何做」某事

How did you ＋ 做某事（動詞原形）

How did you do that?
你當時是如何做到的？

- 「How」可用來詢問「方法」。
- 「How did you＋動詞原形」適用於詢問對方「過去如何做某事」、「過去採取何種工具做某事」、「過去採取何種方法做某事」。
- 句中所描述的「事」，一定是「過去曾經發生的事件」。

過去如何 認識・求婚

你們如何認識對方的？	How did you meet each other?
你如何認識你太太的？	How did you meet your wife?
你如何向你太太求婚的？	How did you propose to your wife?
你和朋友大多如何認識的？	How did you meet most of your friends?

過去如何 習得・成就

你如何學會化妝的？	How did you learn to put on cosmetics?
你如何學會騎腳踏車的？	How did you learn to ride a bike?
你如何通過這個考試的？	How did you pass the exam?
你如何得到這份工作的？	How did you get this job?

「How did it...?」詢問「某事過去如何…？」

詢問【人】，要用「How did you...?」（你（們）過去如何做某事）

詢問【事】，則用「How did it...?」（某事過去如何…）

例如：

- A：**How did it** become like this?（事情怎麼會變成這樣？）

  B：I don't know either.（我也不知道。）

How

05 詢問：我該如何做某事

How do I ＋ 做某事（動詞原形）

How do I take the MRT?
我該如何搭捷運？

- 「How」可用來詢問「方法」。
- 「How do I＋動詞原形」適用於詢問「我該如何做某事」。
- 句子裡所描述的「事」，通常具有「既定的規範或原則」。例如上方例句的「如何搭捷運」，就是一種具有特定方法或規範的事。
- 生活中，購物網站所列的「常見問題」、各產品的「使用說明」…等，也屬於「既定的規範或原則」，因此經常可見「How do I…」的用法。

| 購物方式 | 我該如何訂購？ | How do I make an order? |
| | 我該如何預訂書籍？ | How do I reserve a book? |

| 交通方式 | 我該如何搭捷運？ | How do I take the MRT? |
| | 我該如何前往你們飯店？ | How do I get to your hotel? |

其他	我該如何連絡你（們）？	How do I contact you?
	我該如何打國際電話？	How do I make an international call?
	我該如何叫警察？	How do I call the police?

有多種用法的「make」

「make」的廣義是「做」。除了上方例句的「make an order（訂購、下訂單）」、「make a call（打電話）」，其他包含「make」的常見片語還有：

- make a living（賺錢謀生） ／ ● make it（成功完成某事）

How

06 詢問：你擁有多少⋯

How many + 人事物（名詞複數形）+ do you have

How many sisters do you have?
你有幾個姊妹？

- 「How」可用來詢問「程度」。
- 「How many＋名詞＋do you have」，適用於詢問對方「擁有的人數、事物數量、時間⋯有多少」。此時句中的「名詞」一定是「可數名詞的複數形」。
- 當「have」換成其他動詞，意思就變成「你做⋯的數量有多少」。
  例如：How many times a week do you exercise?（你每週運動幾次？）

人的數量	你有幾個兄弟？	How many brothers do you have?
	你有幾個小孩？	How many children do you have?
	你有幾個朋友？	How many friends do you have?

事物的數量	你有幾本書？	How many books do you have?
	你有幾張 CD？	How many CDs do you have?
	你有幾台電腦？	How many computers do you have?
	你有幾條牛仔褲？	How many pairs of jeans do you have?

| 時間的數量 | 你有幾天的年假？ | How many vacation days do you have? |
| | 你每週有幾天休假？ | How many days off do you have each week? |

「...pairs of＋物品」的用法

「pairs of...」是「a pair of...」（一雙⋯、一對⋯、）的複數形。例如：

- a pair of shoes（一雙鞋）／ two pairs of shoes（兩雙鞋）
- a pair of glasses（一副眼鏡）／ three pairs of glasses（三副眼鏡）

How

07 詢問：某地有多少⋯

How many＋人事物（名詞複數形）＋are there＋地點

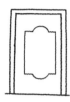

How many people are there in the room?
這間房間有多少人？

- 「How」可用來詢問「程度」。
- 「How many＋名詞＋are there＋地點」適用於詢問「某地的人數有多少」、「某地的事物數量有多少」。
- 「How many」後面要接續「複數名詞」。「many」是「形容詞」，用來修飾後面所接的「複數名詞」。
- 〔正確用法〕：How many＋ 複數名詞 ＋ are there
  〔無此用法〕：How many＋ 單數名詞 ＋ is there

人的數量		
你們家有多少人？	How many people are there in your family?	
你們公司有多少人？	How many people are there in your company?	
這間學校有多少學生？	How many students are there in the school?	
這個會場有多少觀眾？	How many spectators are there in the hall?	

物的數量		
你們飯店有多少房間？	How many rooms are there in your hotel?	
這棟建築有多少樓層？	How many floors are there in this building?	
這座城市有多少家庭？	How many households are there in this city?	

美式英語裡，family 當「家人」使用時，是單數名詞

在美式英語裡，「family」當作「家人」使用時，永遠都是「單數名詞」。因此句中的「動詞型態」必須符合「第三人稱、單數」的原則。例如：

- My family <u>calls</u> me Pinky.（我的家人叫我 Pinky。）

How

08 詢問：從過去到現在，你已經…多少、多久

How many＋事物（名詞複數形）＋have you（過去分詞）

How many pets have you had?
你養了幾隻寵物？

- 「How」可用來詢問「程度」。
- 「How many＋名詞＋have you＋過去分詞」適用於詢問對方「從過去到現在，已經…的人數、物品數量、時間有多少」。
- 「have you＋過去分詞」是屬於「現在完成式」的時態，表示「從過去到現在，某事件的結果、經驗」。

單位數量	你瘦了幾公斤？	How many kilograms have you lost?
	你胖了幾公斤？	How many kilograms have you gained?
物品數量	你養了幾隻寵物？	How many pets have you had?
	你遺失了幾件行李？	How many pieces of luggage have you lost?
事物數量	你去過的國家有幾個？	How many countries have you been to?
	你做過的工作有幾個？	How many jobs have you had?
時間數量	你結婚幾年了？	How many years have you been married?

用「你瘦了幾公斤」說明「現在完成式」和「過去簡單式」

【過去簡單式】How many kilograms did you lose?

（你在過去某時點瘦了幾公斤？→單純詢問過去某時點瘦了幾公斤，和現在無關）

【現在完成式】How many kilograms have you lost?

（你從過去到現在瘦了幾公斤？→過去到現在的這段時間（可能陸續瘦了數次）一共瘦了幾公斤）

How

 MP3 009

09 詢問：價格

How much is / are ＋某物（名詞）

How much is this?
這個多少錢？

- 「How」可用來詢問「程度」。
- 「How much is ＋名詞」，適用於詢問「單一事物的價格多少」。
  「How much are ＋名詞」，適用於詢問「多個事物的價格多少」。

單一事物

這個多少錢？	How much is this?
總共多少錢？	How much is the total?
你一個月的房租多少錢？	How much is your rent each month?
你一個月的油錢是多少？	How much is your monthly fuel cost?
計程車的起跳車資是多少？	How much is the initial taxi fare?

多個事物

這些總共多少錢？	How much are these in total?
這些小菜多少錢？	How much are these side dishes?
這兩件總共多少錢？	How much are these two pieces together?

「How much do / did you⋯」詢問「你⋯多少錢？」

因為「How much」可以表示「How much money」（多少錢），因此「How much do / did you⋯?」可以用來詢問「你⋯多少錢？」。此時句子的動詞通常會和錢有關，像是「花費、需要、儲蓄」⋯等。例如：

- How much do you **save** each month?（你每個月存多少錢？）
- How much did you **pay** for this trip?（你花費多少錢在這次旅行？）

10 詢問：你喜歡、討厭…的程度

How much do you＋動詞原形

How much do you like it?
你有多喜歡這個？

- 「How」可用來詢問「程度」。
- 「How much do you＋動詞原形」適用於詢問「後面所接動作的程度」。例如：
  後面是「like」→「喜歡的程度」；後面是「hate」→「討厭的程度」；
  後面是「know」→「了解的程度」；後面是「weigh」→「重量的程度」。
- 後面接續不同的「動詞原形」，就會產生不同的句義。

| 喜歡的程度 | 你有多喜歡這個？ | How much do you like it? |
| | 你有多喜歡這份工作？ | How much do you like this job? |

| 討厭的程度 | 你有多討厭這個？ | How much do you hate it? |

| 了解的程度 | 你對我們公司了解多少？ | How much do you know about our company? |
| | 你對星座了解多少？ | How much do you know about the horoscope? |

| 體重的程度 | 你體重多重？ | How much do you weigh? |

如何回應「你體重多重？」

說明自己的體重，可以使用「I weigh....」或「My weight is....」。

「weigh」（動詞）表示「有…重量」；「weight」（名詞）表示「重量」。例如：

- A：How much do you weigh?（你體重多重？）
  B：I weigh 65 kilograms.＝ My weight is 65 kilograms.（我 65 公斤重。）

How

 MP3 011

11 詢問：你「通常花多少時間」做某事

How much time do you spend＋做某事（動名詞）

How much time do you spend reading books?
你通常花多少時間看書？

- 「How」可用來詢問「程度」。
- 「How much time do you spend＋動名詞」適用於詢問對方「通常花費多少時間做某事」。

| 休閒 | 你每天花多少時間運動？ | How much time do you spend exercising every day? |
| | 你每週花多少時間看電視？ | How much time do you spend watching TV a week? |

| 外在 | 你通常花多少時間穿衣打扮？ | How much time do you spend dressing yourself? |
| | 你通常花多少時間弄頭髮？ | How much time do you spend doing your hair? |

| 進修 | 你通常花多少時間念英文？ | How much time do you spend studying English? |
| | 你通常花多少時間看書？ | How much time do you spend reading books? |

「spend on＋名詞」：在某事上花費（時間）

「How much time do you spend on＋名詞？」也是用來詢問「你通常花多少時間做某事」，只是「spend」後面不是動名詞，而是接續介系詞「on」之後，再加名詞。例如：

- How much time do you spend on Facebook?（你通常花多少時間上臉書？）
- How much time do you spend on the Internet?（你通常花多少時間上網？）

How

12 詢問：兩者之間「相差多少」

How much ＋形容詞比較級＋than ＋比較的兩者

How much older than you is your sister?
你姊姊大你多少歲？

- 「How」可用來詢問「程度」。
- 「How much ＋形容詞比較級＋than＋…」適用於詢問「兩個人事物之間，在某方面的差距是多少」。
- 「than」後面要接續「互相比較的兩者」，通常是兩個名詞。句型結構是：
  than ＋名詞 1（和主詞相比較的名詞）＋名詞 2（主詞）。例如：
  How much older than you is your sister?
  　　　　　　　和主詞相比較的名詞　　　主詞
- 此時句子沒有「動作動詞」，所以要使用「be動詞」。

兩個人相差…
你姊姊大你多少歲？	How much older than you is your sister?
你男友大你多少歲？	How much older than you is your boyfriend?
你弟弟小你多少歲？	How much younger than you is your brother?
你爸爸比你高多少？	How much taller than you is your father?

兩個物相差…
| 100 比 10 大多少？ | How much greater than 10 is 100? |
| 1 比 10 小多少？ | How much smaller than 10 is 1? |

「older」和「elder」的差異

【older】：年紀較大的、較年長的。
　　　　　例如：older man（較年長的男人）。

【elder】：較年長的，通常只用來形容哥哥、姊姊等家庭成員。
　　　　　例如：elder sister（姊姊）、elder brother（哥哥）

How

 MP3 013

13 詢問：你「通常相隔多久」做一次某事

How often do you ＋ 做某事（動詞原形）

這次 → 下次

How often do you arrange trips abroad?

你通常多久安排一次出國旅行？

- 「How」可用來詢問「程度」。
- 「How often do you＋動詞原形」適用於詢問對方「通常多久會做一次某事」。

生活

你通常多久剪一次頭髮？	How often do you get a haircut?
你通常多久保養一次車子？	How often do you service your car?
你通常多久安排一次出國旅行？	How often do you arrange trips abroad?
你通常多久回家一次？	How often do you go home?

人際

你通常多久連絡一次父母？	How often do you contact your parents?
你和朋友通常多久見一次面？	How often do you meet your friends?

如何回應「How often do you⋯?」

【確定的】多久做一次某事：once every ⋯days / weeks / months / years
（每隔多少 天 / 星期 / 月 / 年 一次）

【大約的】多久做一次某事：about once every ⋯days / weeks / months / years
（約每隔多少 天 / 星期 / 月 / 年 一次）

例如：

- A：How often do you go home?（你多久回家一次？）
  B：I go home <u>once every six months</u>.（我每半年回家一次。）
- A：How often do you get a haircut?（你多久剪一次頭髮？）
  B：I get a haircut <u>about once every three months</u>.（我大約三個月剪一次頭髮。）

How

14 詢問：年齡

How old is / are ＋ 人事物（名詞）

How old are you?
你幾歲？

- 「How」可用來詢問「程度」。
- 「How old is / are＋名詞」適用於詢問「某人、某事物、某動物的年齡」。
- 此時句子沒有「動作動詞」，所以要使用「be動詞」。
- 要特別注意「be動詞」的形式：
  當「人事物」是「複數」或「第二人稱的you」，「be動詞」要用「are」。

人的年齡

你幾歲？	How old are you?
你姊姊幾歲？	How old is your elder sister?
你爸爸幾歲？	How old is your father?
你的老闆幾歲？	How old is your boss?

動物年齡

| 牠幾歲？ | How old is it? |
| 你的狗幾歲？ | How old is your dog? |

「How old were you when...?」：做某事的當時是幾歲

詢問「做某事的當時是幾歲」，要用「How old were you when＋子句？」文型。
因為所做的某事是「發生在過去的某時點」，所以「when子句」的動詞必須是「過去式動詞」。

例如：

- How old were you when you **moved** here？（你搬家到這裡時，是幾歲？）

15 詢問：某事的「時間有多久」
How long is ＋ 某事（名詞）

How long is the exam?
考試時間有多久？

- 「How」可用來詢問「程度」。
- 「How long is＋名詞」適用於詢問「某事的時間有多長、有多久」。
- 此時句子沒有「動作動詞」，所以要使用「be動詞」。
- 句子裡的「某事」，可以指「還未發生的單一事件」、「現在仍進行中的單一事件」或「經常會有的規律事件」。

單一事件時間多久		
	婚禮時間有多久？	How long is the wedding ceremony?
	表演時間有多久？	How long is the show?
	考試時間有多久？	How long is the exam?
	你們交往多久？	How long is your relationship?

規律事件時間多久		
	你們的運送時間要多久？	How long is your delivery time?
	你們公司午休時間多久？	How long is your company's lunchtime?

如何回應「How long is...?」

回應「某事的時間是多久」時，要用「某事＋is＋時間＋long」。例如：

- A：How long is your company's lunchtime?（你們公司午休時間多久？）
  B：Our company's lunchtime is one hour long.（我們公司午休一小時。）

16 詢問：你「要做某事多久」

How long do you + 做某事（動詞原形）

冷戰

How long do you plan to have this cold war?

你打算冷戰多久？

- 「How」可用來詢問「程度」。
- 「How long do you＋動詞原形」適用於詢問對方「要做某事多久」。
- 後面接續不同的「動詞原形」，表示要做的那件事、那個動作。

打算做多久	你打算冷戰多久？	How long do you plan to have this cold war?
	你打算等多久？	How long do you plan on waiting for?
	你打算在咖啡廳坐多久？	How long do you plan on sitting in the coffee shop?
還要做多久	你還要睡多久？	How long do you still need to sleep?

「How long ago ...」：多久以前…

「How long ago ...」表示「多久以前…」。因為「多久以前」是指過去，所以如果要詢問「多久以前做某事」，後面的助動詞要用「did」。

例如：

- How long ago did you learn French?（你多久以前學法文的？）
- How long ago did he arrive?（他多久以前到達的？）
- How long ago did she start her business?（她多久以前創業的？）

How

17 詢問：你「已經持續做某事多久」

How long have you＋某事（過去分詞）

過去 → 現在

How long have you had your dog?
你的狗養多久了？

- 「How」可用來詢問「程度」。
- 「How long have you＋過去分詞」適用於詢問對方「從過去到現在，已經持續做某事多久」。
- 句子裡的「某事」，一定是「從過去的某時點開始，直到現在依然持續的事」，但不一定會延續至未來。

居住・停留 持續時間	你在這裡多久了？ 你在台灣多久了？ 你住這裡多久了？	How long have you been here? How long have you been in Taiwan? How long have you lived here?
認識・失業 持續時間	你們認識多久了？ 你失業多久了？	How long have you known each other? How long have you been unemployed?
所屬時間	你的狗養多久了？	How long have you had your dog?

「How long have / has」搭配「since...」：自從…到現在有多久

如果要表示「自從…到現在有多久」，可以用「How long have / has」搭配「since＋子句」。例如：

- **How long has it been since you last visited your parents?**
  it 表示後面「since 子句」到「現在」的時間
  （自從你最後一次去看父母，已經有多久？／你多久沒去看父母了？）

How

18 詢問：有多長、有多寬

How long / wide is + 某物（名詞）

How long is that skirt?
那件裙子多長？

- 「How」可用來詢問「程度」。
- 「How long / wide is＋名詞」適用於詢問「某物的長度多長」、「某物的寬度多寬」。
- 此時句子裡沒有「動作動詞」，所以要使用「be動詞」。

長度多長

那件裙子多長？	How long is that skirt?
你的頭髮多長？	How long is your hair?
你的腿多長？	How long is your leg?
你的手臂多長？	How long is your arm?

寬度多寬

那張桌子多寬？	How wide is that desk?
那條路多寬？	How wide is the road?
你的教室多寬？	How wide is your classroom?
你的肩膀多寬？	How wide is your shoulder?

「How long and how wide is...?」詢問「某物的長寬是多少？」

「How long is＋某物？」和「How wide is＋某物？」可以在同一個問句裡使用，變成「How long and how wide is＋某物？」，用來詢問「某物的長寬是多少」。例如：

- How long and how wide is this room?（這個房間的長寬是多少？）
- How long and how wide is that door?（那扇門的長寬是多少？）

How

 MP3 019

19 詢問：有多高

How tall is / are + 人或物（名詞）

How tall are you?
你多高？

- 「How」可用來詢問「程度」。
- 「How tall is / are＋名詞」適用於詢問「某人的身高多高」、「某物的高度多高」。
- 此時句子裡沒有「動作動詞」，所以要使用「be動詞」。
- 要特別注意「be動詞」的形式：
  當「人事物」是「複數」或「第二人稱的 you」，「be動詞」要用「are」。

人的身高	你多高？	How tall are you?
	你女朋友多高？	How tall is your girlfriend?
	你媽媽多高？	How tall is your mother?

物的高度	台北 101 有多高？	How tall is Taipei 101?
	這棟建築物多高？	How tall is this building?
	這座塔多高？	How tall is the tower?

如何詢問："希望" 身高有多高？

詢問對方「希望身高有多高」時，要用「How tall do you wish that you were?」。此時的「wish」是一種「假設語氣」，表示「與現在事實不同的期望」，意思類似「但願…」。後面 that 子句的「that」可以省略，且子句的「動詞」必須用「過去式」。

例如：

- A：How tall do you wish (that) you **were**?（你希望身高多高？）
  B：I wish (that) I **could** be ten centimeters taller.（我但願能再高 10 公分。）

20 | 詢問：兩地之間「距離有多遠」

How far is ＋ 某地 1 ＋from＋某地 2（名詞）

How far is it from here?
從這裡到那裡有多遠？

*it 是「某地 1」，因為在前文已知 "某地 1"，所以此處用代名詞「it」代替；here 是「某地 2」。

- 「How」可用來詢問「程度」。
- 「How far is＋名詞 1＋from＋名詞 2」適用於詢問「某兩地之間的距離有多遠」。
- 此時句子裡通常沒有「動作動詞」，所以要使用「be 動詞」。

從你家到某地	從你家到學校有多遠？	How far is your house from school?
	從你家到辦公室有多遠？	How far is your house from the office?
	從你家到捷運站有多遠？	How far is your house from the MRT station?
	從你家到妳男友家有多遠？	How far is your house from your boyfriend's home?
從 A 地到 B 地	從這裡到那裡有多遠？	How far is it from here?
	從本壘板到二壘壘包有多遠？	How far is home plate from 2nd base?

棒球的「本壘板」、「各壘壘包」

- 【本壘板】home plate
- 【一壘壘包】1st base 【二壘壘包】2nd base 【三壘壘包】3rd base

而「全壘打」（home run）就是由「跑回本壘」（跑回home plate）而來的。

21 詢問：某事、某狀態的「原因」

How come ＋ 某事、某狀態（子句）

How come you don't look so well?
你怎麼看起來不太好？

- 「How」可用來詢問「原因」。
- 「How come＋子句」適用於詢問「某事、某狀態的原因」。
- 此種表達主要用於「美式英語」，而且是「較不正式、口語」的問法。
- 此時的中文翻譯經常是「怎麼會…？」。
- 「How come」後面接的「子句」一定會有「主詞」和「動詞」。

某人狀態的原因		
你怎麼曬不黑？	How come you don't tan?
你怎麼長這麼多痘痘？	How come you have so many pimples?
你怎麼看起來不太好？	How come you don't look so well?
她怎麼不在這裡？	How come she is not here?

某物狀態的原因		
你的房間怎麼這麼髒亂？	How come your room is so messy?
桌巾怎麼這麼髒？	How come the tablecloth is so dirty?

「How come?」也可以單獨使用

「How come」用來詢問「為什麼、怎麼會」時，可以單獨變成一個句子使用。

例如：

- A：I've made up my mind to change my job.（我決定換工作。）
  B：How come? Is there anything wrong with you?（怎麼會？哪裡有問題嗎？）

How

 MP3 022

22 建議：做某事如何？

How about + 自己的建議（動名詞）

How about having some coffee?
喝點咖啡如何？

- 「How」可用來「提出建議」。
- 「How about＋動名詞」適用於向對方「提出自己的建議」、「提出邀約」。
- 此種表達主要用於「美式英語」，而且是「較不正式、口語」的問法。
- 「How about」後面的「動名詞」，經常會省略不說，只說動名詞後面的「名詞」、「時間副詞」等。請參考下面例句。

建議		
	喝點咖啡如何？	How about (having) some coffee?
	來客牛排如何？	How about (having) some steak?
	喝點東西如何？	How about (having) something to drink?
	星期一（見面）如何？	How about (meeting) on Monday?
	五點（見面）如何？	How about (meeting) at five o'clock?

邀約		
	一起去逛街如何？	How about going shopping together?

如何回應對方的建議或邀約

如果同意對方的建議或邀約時，可以這樣回答：

- That's a good idea.（好啊！）
- That would be fine.（好啊。）
- No problem.（沒問題。）

MP3 023

23 詢問：「某事、某物」是什麼

What is / are ＋ 某事、某物（名詞）

app ？

What is an app?

「app」是什麼？

- 「What」可用來詢問「什麼」。
- 「What is / are＋名詞」適用於詢問「某事、某物的具體內容是什麼」、「某專有名詞的意思是什麼」。

某事的 具體內容	你和女友間的問題是什麼？	**What is** the problem between you and your girlfriend?
	今天的匯率是多少？	**What is** the exchange rate for today?
	明天的降雨機率是多少？	**What is** the chance of rain tomorrow?

專有名詞 的意思	「Wi-Fi」是什麼？	**What is** Wi-Fi?
	「通貨膨脹」是什麼？	**What is** inflation?
	「次級房貸」是什麼？	**What is** subprime mortgage?
	「牛市」是什麼？	**What is** a bull market?
	「app」是什麼？	**What is** an app?

「What」也可以做為「疑問句主詞」

「What」除了是「疑問詞」，也可以作為「疑問句主詞」。因此「What」後面除了可以接續「be動詞」及「助動詞」，也可以接續「一般動詞」。例如：

- What <u>makes</u> you sad?（什麼會讓你悲傷？）
  * 句子是現在時態，「What」屬於「單數」，所以動詞字尾要加「s」
- What <u>happened</u> to you?（什麼發生在你身上了？）
  * 句子是過去時態，直接用「過去式動詞」

What

24 詢問:「你的…」是什麼

What is / are your + 某事物(名詞)

What is your phone number?

你的電話號碼是什麼?

- 「What」可用來詢問「什麼」。
- 「What is / are your +名詞」適用於詢問「你的基本資料是什麼」、「你的聯絡方式是什麼」、「你的工作是什麼」…等。
- 要特別注意「be動詞」的形式:
  當「某事物」是「複數」時,「be動詞」要用「are」。

名字 · 星座	你的名字是什麼?	**What is your** name?
	你的星座是什麼?	**What is your** horoscope sign?
聯絡資訊	你的電子郵件地址是什麼?	**What is your** email address?
	你的電話是什麼?	**What is your** phone number?
職業 · 夢想	你的職業是什麼?	**What is your** occupation?
	你的夢想是什麼?	**What are your** dreams?

如何表達「我是…星座」

表達「我是…星座」,要用「I am a / an....」,要視情況搭配冠詞「a」或「an」。
例如,「I am a Leo.」(我是獅子座)。「I am an Aries.」(我是白羊座)。

以下是十二星座的英文說法:

- 白羊座 Aries
- 金牛座 Taurus
- 雙子座 Gemini
- 巨蟹座 Cancer
- 獅子座 Leo
- 處女座 Virgo
- 天秤座 Libra
- 天蠍座 Scorpio
- 射手座 Sagittarius
- 魔羯座 Capricorn
- 水瓶座 Aquarius
- 雙魚座 Pisces

041

25 詢問：你「通常做什麼」

What do you ＋ 做某事（動詞原形）

放學後

What do you do after school?
你放學後通常都做什麼？

* 上方「What do you do…?」的兩個「do」意思不同：
第一個「do」：形成疑問句的「助動詞」；第二個「do」：一般動詞，表示「做～」。

- 「What」可用來詢問「什麼」。
- 「What do you ＋動詞原形」會依據後面所接的動詞，產生不同句義。例如：
  「What do you drink…」→ 你喝什麼
  「What do you hope…」→ 你希望什麼
- 此句型的「助動詞」是「do」，時態是屬於「現在簡單式」，因此所詢問的是一種「經常性的行為」、「目前的想法、狀態」等。

飲食

你午餐通常都吃什麼？　　　　**What do you** usually have for lunch?
你通常都喝什麼？　　　　　　**What do you** usually drink?

休閒

你通常都上網做什麼？　　　　**What do you** do when you go online?
你休閒時通常都做什麼？　　　**What do you** do in your leisure time?
你放學後通常都做什麼？　　　**What do you** do after school?
你通常都做什麼運動？　　　　**What do you** do for exercise?

「What did you...?」可用來詢問「過去的某時點做了什麼」

「What did you ＋動詞原形?」可用來表示「你在過去的某時點做了什麼」。例如：

- <u>What did you do</u> today?（你今天做了什麼？）
- <u>What did you have</u> for lunch?（你午餐吃了什麼？）

What

26 詢問：你對人事物的「看法是什麼」
What do you think ＋ 人事物（名詞）

What do you think about this?
你對這個的看法是什麼？

- 「What」可用來詢問「什麼」。
- 「What do you think about＋名詞 / of＋名詞」適用於詢問「你對某人事物的看法是什麼」。
- 此句型的「助動詞」也是「do」，時態也是「現在簡單式」，因此所詢問的也是一種「經常性的行為」、「目前的想法、狀態」等。

對人的看法
你對詹姆士的看法是什麼？ What do you think about James?
你對我父母的看法是什麼？ What do you think about my parents?

對事的看法
你對這個的看法是什麼？ What do you think about this?
你對這個主意的看法是什麼？ What do you think about this idea?
你對成果的看法是什麼？ What do you think of the result?
你對八卦版的看法是什麼？ What do you think of gossip columns?

Column：報紙、雜誌的「專欄」或「版面」

「column」是指「定期刊載於報紙或雜誌裡，關於某特定主題的版面」，或是「由同一位作者所撰寫的專欄」。例如：

- sports columns（體育版 / 體育專欄）
- entertainment columns（娛樂版 / 娛樂專欄）

MP3 027

27 詢問：這一類之中，你「喜歡的是什麼」

What＋某種類別（名詞）＋ do you like？

What animals do you like?
你喜歡什麼動物？

- 「What」可用來詢問「什麼」。
- 「What＋名詞＋do you like」適用於詢問「在這一類之中，你喜歡的是什麼」。
- 句子裡的「名詞」是「較廣泛的分類」，例如「動物」、「顏色」、「運動」等。
- 因為對方喜歡的可能不只「一個」，因此問句的「名詞」通常用「複數形」。

動物‧顏色 季節		
你喜歡什麼動物？		**What** animals **do you like?**
你喜歡什麼顏色？		**What** colors **do you like?**
你喜歡什麼季節？		**What** seasons **do you like?**

歌曲‧節目 運動		
你喜歡什麼歌曲？		**What** songs **do you like?**
你喜歡什麼電視節目？		**What** TV shows **do you like?**
你喜歡什麼運動？		**What** sports **do you like?**

這一類之中，你「不喜歡的是什麼」？

如果變成要詢問對方「你不喜歡的是什麼？」，只要將「What...do you like?」改成「What...don't you like?」即可。但回應時要注意，如果不喜歡的事物「超過一個」、而且句子是「否定句」時，要用「or」來連接兩個不喜歡的事物。例如：

- A：What colors don't you like?（你不喜歡什麼顏色？）

  B：I <u>don't</u> like gray <u>or</u> red.（我不喜歡灰色和紅色。）

  （＝I <u>dislike</u> gray <u>and</u> red.）

  *句子是「否定句」，用「or」連接；→句子是「肯定句」，用「and」連接。

28 詢問：你所做行為的「對象是什麼」

What＋對象（名詞）＋do you＋行為（動詞原形）

What drink do you want to order?

你要點什麼飲料？

- 「What」可用來詢問「什麼」。
- 「What＋名詞＋do you＋動詞原形」適用於詢問「你所做行為的對象是什麼」。
- 接續不同的名詞和動詞，會產生不同句義。但句子裡的「名詞」是「後面動詞行為」的「對象」。例如：
  「What drink do you want to order?」→ 你要點什麼飲料
  「want to order（要點餐）」的「對象」是「drink（飲料）」。

工作・信仰的對象	你在什麼公司上班？	What company do you work for?
	你信仰的是什麼宗教？	What region do you believe in?
習慣使用的對象	你的口頭禪是什麼？	What saying do you use a lot?
	你穿的是什麼尺寸的鞋子？	What size of shoes do you wear?
希望・想要的對象	你希望擁有的能力是什麼？	What abilities do you hope to have?
	你要點什麼飲料？	What drink do you want to order?

「What...have you＋過去分詞？」詢問「你最近做了什麼…」

「What＋名詞」搭配「現在完成式」時，用來詢問「你在最近這一段時間，做了什麼」。例如：

- What plans have you made recently?（你最近做了什麼計畫？）
- What problems have you encountered recently?（你最近遇到了什麼困難？）

29 詢問：你「是什麼類型的…」

What kind of ＋ 某種身分（名詞）＋are you？

What kind of a student are you?

你是什麼類型的學生？

- 「What」可用來詢問「什麼」。
- 「What kind of＋名詞＋are you」適用於詢問「你是什麼類型的…」。
- 句子裡的「名詞」通常是「某種身分、頭銜」。例如：學生、父母、主管…。
- 因為主詞「你」是「單數」，因此句子裡的「某種身分」也要使用「單數」。
- 「單數名詞」需依照第一個字的發音不同，搭配不定冠詞「a」或「an」。

| 家庭身分 | 你是什麼類型的父母？ | What kind of a parent are you? |
| | 你是什麼類型的祖父母？ | What kind of a grandparent are you? |

職業身分	你是什麼類型的學生？	What kind of a student are you?
	你是什麼類型的主管？	What kind of a supervisor are you?
	你是什麼類型的員工？	What kind of an employee are you?

詢問：某人、某些人「是什麼類型的…」

當主詞是「you（你）」，「be動詞」用「are」，句子裡的「某種身分」要使用「單數」。
但當主詞變成「某個人」或「某些人」，「be動詞」和「表示身分的名詞」都要改變。

【主詞：某個人（單數）】：What kind of │ person │ is ＋ │ 某個人 │ ？

【主詞：某些人（複數）】：What kind of │ people │ are ＋ │ 某些人 │ ？

例如：

- What kind of <u>person is your supervisor</u>?（你的主管是什麼類型的人？）
- What kind of <u>people are your roommates</u>?（你的室友們是什麼類型的人？）

MP3 030

30 詢問：你所做行為的「對象是什麼類型的…」

What kind of + 某種類別（名詞）+ do you（動詞原形）

What kind of food **do you** like?
你喜歡什麼類型的食物？

- 「What」可用來詢問「什麼」。
- 「What kind of + 名詞 + do you + 動詞原形」適用於詢問「你所做行為的對象是什麼類型的…」。句子裡的「名詞」是「後面動詞行為」的「對象」。例如：
  「What kind of <u>food</u> do you <u>like</u>?」→ 你喜歡什麼類型的食物
  「like（喜歡）」的「對象」是「food（食物）」。
- 句子裡的「名詞」是「較廣泛的分類」，例如「食物」、「音樂」、「電影」等。

喜歡的…類型	你喜歡什麼類型的食物？	**What kind of** food **do you** like?
	你喜歡什麼類型的披薩？	**What kind of** pizza **do you** like?
	你喜歡什麼類型的音樂？	**What kind of** music **do you** like?
	你偏愛什麼類型的電影？	**What kind of** movies **do you** prefer?
想要的…類型	你想要什麼類型的產品？	**What kind of** product **do you** want?
	你想要什麼類型的乳霜？	**What kind of** cream **do you** want?

「What kind of...would you like?」是禮貌詢問「您想要什麼類型的…」

「What kind of + 某事物 + would you like?」是禮貌地詢問「您想要什麼類型的某事物」。句子裡的「would like」意思和「want」相同，表示「想要」，但語氣較有禮貌。例如：

- A: **What kind of** seat **would you** like? （您想要什麼類型的座位？）
  B: I want an aisle seat. （我想要靠走道的座位。）

MP3 031

31 詢問：某事是「幾點」

What time is + 某事（名詞）

What time is it?
現在幾點？

- 「What」可用來詢問「確切的時間」。
- 「What time is＋名詞」適用於詢問「現在幾點（幾分）」、「某事件是幾點（幾分）」。
- 除了「time」詢問「幾點」，「What」也可以和其他表示時間的詞彙連用：
  What year…（哪一年）、What month…（哪一月）、What day…（哪一天）

…是幾點 （幾分）		
	現在幾點？	**What time is** it?
	會議是幾點？	**What time is** the meeting?
	第一班公車幾點？	**What time is** the first bus?

代名詞「it」，可以用來表示「時間」和「天氣」

用英文表達現在的「時間」、「天氣」時，通常會使用「it」。因此詢問「現在幾點？」要用「What time is it?」。而用「it」表示「天氣」的用法則如下：

- **It** is boiling hot today.（今天天氣酷熱無比。）
- **It** is freezing cold today.（今天天氣冷得要命。）

「What day / date is today?」是詢問「今天的星期 / 日期」

疑問詞「What」後面接續「day（日子）」或「date（日期）」，是用來詢問「星期幾 / 日期是幾號」。例如：

- What <u>day</u> is today?（今天是星期幾？）
- What <u>date</u> is today?（今天是幾號？）

MP3 032

32 詢問：你「通常幾點做某事」

What time do you ＋ 做某事（動詞原形）

What time do you usually wake up?
你通常幾點起床？

- 「What」可用來詢問「確切的時間」。
- 「What time do you ＋動詞原形」適用於詢問「你通常幾點做某事」。
- 此時，句子裡經常會搭配表示「經常」的頻率副詞「usually」。

生活起居		
	你通常幾點起床？	What time do you usually wake up?
	你通常幾點睡覺？	What time do you usually go to sleep?
	你通常幾點吃早餐？	What time do you usually have breakfast?
	你通常幾點回到家？	What time do you usually get home?

上班上課		
	你通常幾點到公司？	What time do you arrive at the office?
	你通常幾點下課？	What time do you get out of school?

如何表達「大約幾點、幾點左右」

表達「大約…點、…點左右」時，可以使用「around」。要特別注意，「around」的位置是：時間介系詞 ＋ around ＋ 時間。而表示「幾點幾分」的「時間介系詞」是「at」。

例如：

- I wake up at around 7 AM.（我都大約七點起床。）
- I usually get home at around 10:00 at night.（我通常晚上十點左右回家。）

Which

33 詢問：數個之中，哪一個、哪一位是…

Which (one) is ＋人事物（名詞 / 形容詞）

Which one is yours?

哪一個是你的？

- 「Which」可用來詢問「多個選項裡的某一個」。
- 「Which (one) is＋名詞」適用於詢問「數個之中，是哪一個、哪一位」。
- 「Which one is...?」和「Which is...?」意義相同，差異在於「Which」的詞性：
  【Which one is...】：「Which」是「形容詞」，接續「one（單一人、物）」
  【Which is...　　　】：「Which」是「名詞」，接續「be動詞」
- 如果句子後面的「名詞」是「複數」，則用「Which (ones) are...」。例如：
  「Which <u>ones are</u> your favorites?」（哪些是你最喜歡的？）
- 另外，「be動詞」後面也可接「形容詞」，所以「Which is」後面也可以接「形容詞」。例如「Which is the <u>fastest</u>?」（哪一個最快？）。

人	（數人之中）哪一位是王先生？	**Which one is** Mr. Wang?
事物	（數個之中）哪一個是我的？	**Which one is** mine?
	（數個之中）哪一個是你的？	**Which one is** yours?

　　「Which＋名詞＋have you＋過去分詞？」詢問「哪些…是你已經…的？」

「Which＋名詞＋have you＋過去分詞？」詢問「在多個選項裡，哪些…是你已經 / 曾經…的？」。要注意此句型「Which」後面的「名詞」必須使用「複數形」。

例如：

- <u>Which</u> book<u>s</u> <u>have you</u> read?（《某些書之中》哪些書你已經看過？）
- <u>Which</u> countr<u>ies</u> <u>have you</u> been to?（《某些國家之中》哪些國家你已經去過？）

050

34 詢問：數個之中，哪一…是…

Which＋人事物（名詞）＋is＋人事物（名詞 / 形容詞）

Which seat **is** mine?
哪一個座位是我的？

- 「Which」可用來詢問「多個選項裡的某一個」。
- 「Which＋名詞1＋is＋名詞2 / 形容詞」適用於詢問「哪一…是…」。
- 此句型和上一個句型的差異是：此句型明確說出「Which」所指的物件是什麼，
  將上一個句型的「one」變成「具體的事物」。例如：
  「Which seat is mine?」（哪一個座位是我的？）*此句型
  當說話雙方都知道所談論的是「seat」時，可以不說出「seat」：
  「Which one is mine?」（哪一個是我的？）*上一個句型

事物	哪一個座位是我的？	**Which** seat **is** mine?
	哪一本雜誌是最新一期的？	**Which** magazine **is** the most recent?
	哪一條路比較近？	**Which** road **is** quicker?
	哪一個捷運站靠近那裡？	**Which** MRT station **is** close to there?

人	哪一個人是你的老闆？	**Which** person **is** your boss? （＝**Which** one **is** your boss?）

「Which...do you...?」詢問「哪一個人事物是你…？」

「Which＋人事物＋do you＋原形動詞？」用於詢問「哪一個人事物是你…？」。例如：

- Which <u>company</u> do you <u>work for</u>?（你在哪一間公司上班？）
- Which <u>political party</u> do you <u>support</u>?（你支持哪一個政黨？）
- Which <u>department</u> do you <u>belong to</u>?（你隸屬於哪一個部門？）

35 詢問：…是誰

Who is＋某人（名詞）

Who is that person?
那個人是誰？

- 「Who」可用來詢問「是誰」。
- 「Who is＋名詞」適用於詢問「某人的身分」、「具備某特質的人是誰」。

問某人的身分

| 他是誰？ | Who is he? |
| 那邊那個年輕人是誰？ | Who is that young person? |

具備某特質的人

這裡的負責人是誰？	Who is the person in charge here?
你的主管是誰？	Who is your supervisor?
你欣賞的政治人物是誰？	Who is your favorite politician?
是誰負責這件事？	Who is in charge of this?
你和他是誰比較高？	Who is the taller, you or him?

「他是誰？」的「他」要用主格的「he」

疑問詞「Who」在疑問句裡當作「主詞」。例如上方例句的「Who is he?」，「Who」是「主詞」。因此如果句子裡必須使用代名詞時，需使用「代名詞的主格」。所以是「Who is he?」，而非「Who is him?」。必須使用「主格he」，而非「受格him」。

其他例子還有：

- Who am I?（我是誰？）＊用主格的 I，而非受格的 me。
- Who is she?（她是誰？）＊用主格的 she，而非受格的 her。
- Who are you?（你是誰？）＊ you 的主格和受格相同。
- Who are they?（他們是誰？）＊用主格的 they，而非受格的 them。

Who

36 詢問:「當時是誰做了」某件事
Who + 做了過去的某件事(過去式)

Who won first place?
(當時)是誰得到第一名?

- 「Who」可用來詢問「是誰」。
- 「Who+過去式」適用於詢問「當時、過去的某時點是誰做了某件事」。

是誰做了⋯

(當時)是誰說的?	**Who** said that?
(當時)是誰告訴你的?	**Who** told you?
(當時)是誰犯了這個錯?	**Who** made the mistake?
(當時)是誰和你一起來的?	**Who** came with you?
(當時)是誰幫你取名字的?	**Who** gave you your name?
(當時)是誰得到第一名?	**Who** won first place?

「place」可以指「競賽結果的位置」

「place」的基本意義是「位置」。可以延伸表示「在競賽過程中的位置、競賽結果的位置」,中文常翻譯為「競賽的排名、名次」。常見的名次說法有:

- first place(第一名)
- second place(第二名)
- third place(第三名)
- last place(最後一名)

實際應用舉例:

- The runner from Taiwan is now in second place.(台灣的跑者目前排名第二。)
- The number 3 competitor finished in last place.(3號參賽者終場是最後一名。)

37 詢問：「是誰有能力做」某件事

Who can＋做某事（動詞原形）

Who can help me?
誰能幫我？

- 「Who」可用來詢問「是誰」。
- 「Who can＋動詞原形」適用於詢問「是誰有能力做某件事」。

誰能幫我…		
	誰能幫我？	Who can help me?
	誰能教我？	Who can teach me?
	誰能告訴我？	Who can tell me?
	誰能給我一些意見？	Who can give me some advice?
	誰能幫我決定？	Who can help me make the decision?

誰能夠做…		
	誰能解釋這個？	Who can explain this?
	誰能解決這個問題？	Who can solve this problem?

「some advice」明明是「複數」，為什麼 advice 沒有用「複數形」？

上方例句中的「some advice（一些意見）」明明是「複數」，為什麼「advice」沒有使用複數形？那是因為「advice（意見、建議）」是「不可數名詞」。英文的「不可數名詞」沒有複數形，也無法計算確切數量。但是，可以用「數量形容詞」來修飾。

以下是「數量形容詞」的分類＆舉例：

- 【只能修飾：可數名詞】：many（很多）、few（一些些）
- 【只能修飾：不可數名詞】：much（很多）、little（一些些）
- 【可以修飾：可數名詞＆不可數名詞】：a lot of（很多）、some（一些）

Who

38 詢問:「是誰正在做」某件事

Who is ＋做某事(動詞ing)

Who is singing?
是誰正在唱歌?

- 「Who」可用來詢問「是誰」。
- 「Who is＋動詞ing」適用於詢問「是誰正在做某件事」。

音樂相關	是誰正在唱歌?	**Who is** singing?
	是誰正在放音樂?	**Who is** playing the music?
	是誰正在彈鋼琴?	**Who is** playing the piano?
	是誰正在彈吉他?	**Who is** playing the guitar?
居家生活	是誰正在上洗手間?	**Who is** using the bathroom?

「洗手間」的各種說法

【美式英語】
- bathroom:洗手間(此字在英式英語指「盥洗室」,可能附有馬桶)
- restroom:公共場所的洗手間
- men's room:公共場所的男性洗手間
- ladies' room:公共場所的女性洗手間

【英式英語】
- toilet:洗手間
- loo:較口語的洗手間說法
- gents:公共場所的男性洗手間。較口語,通常會搭配「the」
- ladies:公共場所的女性洗手間。較口語,通常會搭配「the」

MP3 039

39 詢問：…是什麼時候

When is＋某事（名詞）

When is your birthday?
你生日是什麼時候？

- 「When」可用來詢問「時間」。
- 「When is＋名詞」適用於詢問對方「某事是什麼時候」。

個人事務

你的生日是什麼時候？	When is your birthday?
我的預產期是什麼時候？	When is my due date?
你的班機是什麼時候？	When is your flight?
什麼時候最方便聯絡你？	When is the best time to contact you?

公共事務

農曆新年是什麼時候？	When is Chinese New Year?
期末考是什麼時候？	When is the final exam?
下次選舉是什麼時候？	When is the next election?

「due date」的「due」是什麼意思？

上方例句的「due date」是「（生產的）預產期」。「due」的基本意義是「預計完成的、預期要做完的」，可以延伸表示「預定生產的」。要注意的是，「due」不會放在「名詞」前面修飾，只能接續在「be動詞」後面。例如：

- When <u>are</u> you due?（你的預產期是什麼時候？）
- She <u>is</u> due in two weeks.（她預計在兩週後生產／她的預產期在兩週後。）
- I <u>am</u> due in October.（我預計在十月生產／我的預產期在十月。）

When

40 詢問：你「通常什麼時候」做某事

When do you＋做某事（動詞原形）

When do you visit your grandmother?
你通常什麼時候會去探望祖母？

- 「When」可用來詢問「時間」。
- 「When do you＋動詞原形」適用於詢問對方「通常在什麼時候做某事」。

人際相關

你通常什麼時候回家鄉？	When do you go back to your hometown?
你通常什麼時候去探望祖父母？	When do you visit your grandparents?
你（們）通常什麼時候舉行同學會？	When do you hold your reunion?

生活相關

你通常什麼時候運動？	When do you exercise?
你通常什麼時候去看牙醫？	When do you go to the dentist?
你通常什麼時候去買生活雜貨？	When do you usually go grocery shopping?

「reunion」的相關用法

上方例句的「reunion」指的是「一群人在久未見面後的組織性集合」，通常表示「同學會」、「家庭聚會」。還有另一個相似詞彙是「union」：

- family union（集結眾多家庭成員的家族聚會）
- class union（班級同學會）
- high school union（高中同學會）

MP3 041

41 詢問：你「計畫什麼時候」做某事

When do you plan to ＋做某事（動詞原形）

When do you plan to get married?
你計畫什麼時候結婚？

- 「When」可用來詢問「時間」。
- 「When do you plan to＋動詞原形」適用於詢問對方「計畫什麼時候要做某事」。

生涯規劃

你計畫什麼時候結婚？	When do you plan to get married?
你計畫什麼時候生小孩？	When do you plan to have a child?
你計畫什麼時候退休？	When do you plan to retire?

其他規劃

你們計畫什麼時候送貨？	When do you plan to make the delivery?
你計畫什麼時候出發？	When do you plan to leave?
你計畫什麼時候搬出去？	When do you plan to move out?

「plan」可以當「動詞」和「名詞」使用

【plan當動詞】：計畫做…

有兩種接續方式：（1）plan to＋【動詞原形】（2）plan on＋【動詞ing】。

兩者的用法和意義都相同，差別只在於後面所接的「動詞形態」。上方例句的：

- When do you **plan to** get married?
  =When do you **plan on** getting married?

【plan當名詞】：計畫

- The **plan** is in motion.（這項計畫正在進行中。）
- I don't have any travel **plans**.（我沒有任何旅行的計畫。）

42 詢問:「過去的什麼時候」做了某事

When did＋某人已做的事（動詞原形）

When did he call?
他什麼時候打電話來的?

- 「When」可用來詢問「時間」。
- 「When did＋名詞（某人）＋動詞原形」適用於詢問「某人是在過去的什麼時候做了某事」。

你過去 什麼時候做了…	你什麼時候寄電子郵件的?	When did you send the email?
	你什麼時候遞辭呈的?	When did you hand in your resignation?
	你什麼時候離婚的?	When did you divorce?
	你什麼時候剪頭髮的?	When did you get your hair cut?
他／她過去 什麼時候做了…	他什麼時候打電話來的?	When did he call?
	她什麼時候搬家的?	When did she move?

「剪頭髮」是「把頭髮給別人剪」

如果把「我昨天剪了頭髮」直譯為英文,很可能會直譯為「I cut my hair yesterday.」。但是,中文所說的「剪頭髮」,絕大多數是指「去給別人剪頭髮」,此時如果說「I cut my hair yesterday.」,意思就變成「我昨天自己剪了自己的頭髮」。

要正確表達「我昨天剪了頭髮」,需從中文的原意「我昨天去給別人剪頭髮」來思考英文說法。表達「給（別人）做…」時,英文需要使用使役動詞「get」或「have」。「剪頭髮」是「get one's hair cut」或「have one's hair cut」。因此「我昨天剪了頭髮」是:「I get my hair cut.」或「I have my hair cut.」。

43 詢問：「未來的什麼時候」會發生某事

When will＋某人未來會做的事 / 未來會發生的事（動詞原形）

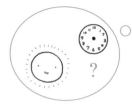

When will it clear up?
天氣什麼時候會放晴？

- 「When」可用來詢問「時間」。
- 「When will＋名詞（某人、某事）＋動詞原形」適用於詢問「某人會在未來的什麼時候有意願做某事」、「某事會在未來的什麼時候發生」。
- 未來式助動詞「will」除了單純表示「會自然發生在未來的事」，也可以表示「個人的意願或承諾」。

未來自然會發生的事		
天氣什麼時候會放晴？		When will it clear up?
飛機什麼時候會到台北？		When will the plane arrive in Taipei?
他什麼時候會回來？		When will he be back?

某人未來會做的事		
你什麼時候要回台灣？		When will you come back to Taiwan?
你什麼時候會給我回覆？		When will you give me an answer?
你什麼時候要完成這件差事？		When will you finish this task?

「arrive in」和「arrive at」

「arrive in」和「arrive at」的意思都是「抵達某地點」，但是兩者有不同的適用情況：

- arrive in ＋【大範圍的地點】，例如：城市、國家
- arrive at ＋【小範圍的地點】，例如：車站、機場、學校、公司

上方例句的「Taipei」屬於大範圍的地點，所以用「arrive in Taipei」。

44 詢問:「某地點」在哪裡

Where is + 某地點(名詞)

Where is the Lost and Found?
失物招領處在哪裡?

- 「Where」可用來詢問「地點」。
- 「Where is + 名詞」適用於詢問「某地點在哪裡」,是經常用於「問路」的句型。

社交	你的家鄉在哪裡?	**Where is** your hometown?
交通	請問你的目的地是哪裡?	**Where is** your destination, please?
問路	試衣間在哪裡?	**Where is** the fitting room?
	中華航空的櫃台在哪裡?	**Where is** the China Airlines check-in counter?
	失物招領處在哪裡?	**Where is** the Lost and Found?
	最近的電影院在哪裡?	**Where is** the nearest movie theater?

如何回應「某地點在哪裡」

回應對方「某地點在哪裡」時,經常會使用表示「方向、位置」的詞彙。例如:
beside(在…旁)、left(左邊)、right(右邊)、... floor(…樓層)等。

- Over there **beside** the counter.(在那裡,櫃臺旁邊。)
- Go straight and turn **right** at the second traffic light.
  (直走後,在第二個紅綠燈右轉。)
- It's on the second **floor**, beside the toys and games department.
  (在二樓,玩具部的旁邊。)

MP3 045

45 詢問：「某人事物」在哪裡

Where is / are ＋人事物（名詞）

Where are you?
你在哪裡？

- 「Where」可用來詢問「地點」。
- 「Where is / are＋名詞」適用於詢問「某人在哪裡」、「某物在哪裡」。
- 要特別注意「be動詞」的形式：
  當「人事物」是「複數」或「第二人稱的you」，「be動詞」要用「are」。

某人在哪裡		
你在哪裡？	**Where are** you?
我們現在在哪裡？	**Where are** we now?
陳先生在哪裡？	**Where is** Mr. Chen?

某物在哪裡		
我的錢包在哪裡？	**Where is** my wallet?
我的電話在哪裡？	**Where is** my phone?
我的鑰匙在哪裡？	**Where is** my key?
我的筆在哪裡？	**Where is** my pen?

「Where are you from？」會依據使用時機，有不同用法

「Where are you from?」最普遍的意思是詢問「你來自哪個國家？／你是哪裡人？」。除了上述用法以外，這句話出現在下列場合時，有不同的意思：

(1)【已經知道對方國籍和自己相同時】：
   「Where are you from?」用來詢問「你居住在哪裡（哪個都市）？」
(2)【當客戶或廠商來訪自己公司時】：
   「Where are you from?」用來詢問「你是哪一間公司的？」

46 詢問：你「通常在哪裡」做某事
Where do you＋做某事（動詞原形）

Where do you buy your clothes?
你通常在哪裡買衣服？

- 「Where」可用來詢問「地點」。
- 「Where do you＋動詞原形」適用於詢問對方「通常會在哪裡做某事」、「目前常態性地會在哪裡做某事」。

目前住哪裡	你目前居住在哪裡？	**Where do you** live?
通常在哪裡	你通常去哪裡旅行？	**Where do you** usually go traveling?
	你通常在哪裡度假？	**Where do you** spend your holidays?
	你通常在哪裡買衣服？	**Where do you** buy your clothes?
	你通常在哪裡抽菸？	**Where do you** smoke?

「Where do you come from?」詢問「你來自哪裡？」

「Where do you come from?」和前一單元介紹的「Where are you from?」一樣是詢問「你來自哪裡？／你來自哪個國家？／你是哪裡人？」。但是「Where do you come from?」通常只有這個意思，並不像「Where are you from?」在某些情況會有不同的意思。

另外，千萬別出現「Where <u>are</u> you come from?」這種錯誤用法。「come from」的「come」是「一般動詞」，只有在時態為「進行式」時才可以和「be動詞」連用。「Where do you come from?」才是正確的。

47 詢問：你「過去在哪裡」做某事

Where did you＋已做的事（動詞原形）

去年

？

Where did you buy this?
你在哪裡買這個的？

- 「Where」可用來詢問「地點」。
- 「Where did you＋動詞原形」適用於詢問對方「過去是在哪裡做了某件事」。

| 去了哪裡 | 你去了哪裡度假？ | Where did you go on vacation? |
| | 你週末去了哪裡？ | Where did you go over the weekend? |

在哪裡做了某事	你把車子停在哪裡了？	Where did you park your car?
	你在哪裡學英文的？	Where did you learn English?
	你在哪裡買這個的？	Where did you buy this?
	你在哪裡拍這張照片的？	Where did you take this picture?

「park」除了當「公園、停車」，還有什麼用法？

「park」的詞性有兩種：

（1）【park 當名詞】：公園。

（2）【park 當動詞】：停放車輛。

除了上述兩個意義以外，「park」當名詞使用時，還可以當作「運動場」，尤其指「棒球的球場（baseball park，或簡稱為 ballpark）」。例如位於美國波士頓的「芬威球場」，原文就是「Fenway Park」。

MP3 048

48 詢問：你為什麼處於「某種情緒、某種狀態」

Why are you ＋某種情緒、狀態（形容詞）

Why are you so happy?
你為什麼那麼開心？

- 「Why」可用來詢問「原因」。
- 「Why are you＋形容詞」適用於詢問「你為什麼處於某種情緒」、「你為什麼會是在某種狀態」。

情緒狀態

你為什麼那麼開心？	Why are you so happy?
你為什麼那麼生氣？	Why are you so mad?
你為什麼沒信心？	Why are you unconfident?
你為什麼那麼緊張？	Why are you so nervous?
你為什麼那麼粗心？	Why are you so careless?

職業狀態

| 你為什麼沒有工作？ | Why are you unemployed? |

「Why are you so…？」可以用來責備對方「你怎麼那麼…？」

「Why are you so＋形容詞？」在某些情況可用來責備對方「你怎麼那麼…？」。例如：

- A：<u>Why are you so</u> careless?（你怎麼那麼不小心？）

  B：Sorry. I didn't mean it at all.（對不起，我不是故意的。）

「Why are you＋動詞ing？」詢問「為什麼目前/現階段在做…？」

「Why are you＋動詞ing？」詢問「目前/現階段為什麼在做某事」。用「現在進行式」表示「目前正在做的事」。例如：

- <u>Why are you doing</u> this?（你目前為什麼在做這個？）

Why

49 詢問：某人「為什麼要做」某件事

Why do ＋某人做某件事（動詞原形）

Why do you want to lose weight?
你為什麼要減肥？

- 「Why」可用來詢問「原因」。
- 「Why do＋名詞（某人）＋動詞原形」適用於詢問「某人為什麼會做某事」、「某人為什麼要做某事」。
- 後面可以搭配各種動詞。例如：
  表示【動作】的：do（做）、want（要）
  表示【感覺】的：sound（聽起來）、look（看起來）

你 為什麼…？	你為什麼要減肥？	**Why do** you want to lose weight?
	你為什麼愛她？	**Why do** you love her?
	你為什麼要猶豫？	**Why do** you hesitate?
	你為什麼把自己搞成這樣？	**Why do** you torture yourself like this?
他人 為什麼…？	台灣人為什麼喜歡去日本旅遊？	**Why do** Taiwanese people like to take trips to Japan?
	現在為什麼愈來愈多年輕人自殺？	**Why do** more young people nowadays commit suicide?

「Why can't…？」詢問「為什麼無法…？」

「Why can't＋某人＋原形動詞？」用來詢問「為什麼某人無法做某事？」。例如：

- <u>Why can't</u> I return this item?（為什麼我無法退貨？）
- <u>Why can't</u> I understand?（為什麼我無法理解？）

50 詢問：你「過去為什麼做了」某件事

Why did you ＋已做的事（動詞原形）

昨天・原因 ?

Why did you cry?
（當時）你為什麼哭了？

- 「Why」可用來詢問「原因」。
- 「Why did you＋動詞原形」適用於詢問「你過去為什麼做了某件事」、「當時你為什麼做了某件事」。

私領域		
	（當時）你為什麼離婚？	Why did you divorce?
	（當時）你為什麼不理我？	Why did you ignore me?
	（當時）你為什麼突然落淚？	Why did you cry all of a sudden?
	你為什麼今天來了這裡？	Why did you come here today?

公領域		
	（當時）你為什麼做這個決定？	Why did you make this decision?
	（當時）你為什麼離職？	Why did you leave your job?
	（當時）你為什麼被開除？	Why did you get fired?

「Why didn't you...?」詢問「你過去為什麼沒有做某件事？」

【Why did you...?】：用於詢問「你過去為什麼做了某件事」

【Why didn't you...?】：用於詢問「你過去為什麼沒有做某件被預期會做的事」

例如：

- Why didn't you contact me?（你為什麼沒有聯絡我？）

  *說話者以為對方會跟他聯絡的，可是對方卻沒有。

51 詢問：你「目前為什麼不做」某件事
Why don't you ＋做某事（動詞原形）

原因 ⋯⋯ ?

Why don't you say anything?
你（現在）為什麼一句話都不說？

- 「Why」可用來詢問「原因」。
- 「Why don't you＋動詞原形」適用於詢問「你目前、現在為什麼不做某件事」、「你為什麼通常不做某件事」。
- 有時候，此句型「並非真的在詢問對方原因」，而是「以問句型態，向對方提出建議」。

問為什麼
你為什麼（通常）不喜歡笑？　Why don't you like to smile?
你為什麼（現在）一句話都不說？　Why don't you say anything?

提出建議
你怎麼不試試看？　　　　　Why don't you give it a try?
你怎麼不休息一下？　　　　Why don't you take a break?
你怎麼不請假？　　　　　　Why don't you take a leave?
你怎麼不再考慮一下？　　　Why don't you think about it some more?
你怎麼不找個地方坐？　　　Why don't you find a place to sit down?

用「Because....」回應「為什麼⋯？」

回應有關詢問「原因、理由」的問句時，經常使用「Because（因為）」。要注意，「Because」後面必須接續包含「主詞」、「動詞或be動詞」的子句。例如：

- A：<u>Why</u> don't you want to buy it?（你為什麼不想買？）
- B：**Because** <u>it is</u> too expensive.（因為太貴了。）
  主詞 be動詞

Be

 MP3 052

52 詢問：你是否為「某人、某種特質的人」
Are you ＋某人 / 某種人（名詞）

Miss Liu ?

Are you Miss Liu?
你是劉小姐嗎？

- 「Be動詞」可用來詢問「是否為…」。
- 「Are you＋名詞」適用於詢問對方「是否為某人」、「是否為具有某種特質的人」。是詢問「某人的身分、特質」時經常使用的句型。

有某種特質的人	你是吃素的人嗎？	**Are you** a vegetarian?
	你是工作狂嗎？	**Are you** a workaholic?
	你是挑食的人嗎？	**Are you** a picky eater?
	你是嚴格的經理人嗎？	**Are you** a strict manager?
確認對方的身分	你是劉小姐嗎？	**Are you** Miss Liu?
	你是黃先生嗎？	**Are you** Mr. Huang?
	你是新同事嗎？	**Are you** our new colleague?

「-aholic」指「對…狂熱的人」

上方例句中出現的「workaholic（工作狂）」，字尾的「aholic」是指「對…狂熱的人」。「-aholic」有時會因為前面接續的字，而拼寫成「-oholic」。其他包含這個字尾的詞彙還有：

- shopaholic（購物狂）
- chocoholic（嗜吃巧克力的人）
- alcoholic（酒鬼）

069

MP3 053

53 詢問：你是否「處於某種情緒」
Are you ＋某種情緒（形容詞）

Are you angry?
你是否在生氣？

- 「Be動詞」可用來詢問「是否為…」。
- 「Are you＋形容詞」適用於詢問對方「是否處於某種情緒」。

不開心・生氣	你是否不開心？	**Are you** unhappy?
	你是否感到沮喪？	**Are you** discouraged?
	你是否真的生氣了？	**Are you** really angry?

| 後悔・懺悔 | 你是否感到後悔？ | **Are you** regretful? |
| | 你是否真的感到懺悔？ | **Are you** really repentant? |

| 驚訝・緊張 | 你是否感到驚訝？ | **Are you** surprised? |
| | 你是否感到緊張？ | **Are you** nervous? |

「情緒形容詞」搭配「介系詞」表示「對…感到…」

- be fond <u>of</u>...（對…感到喜歡）
- be satisfied <u>with</u>...（對…感到滿意）
- be passionate <u>about</u>...（對…感到熱衷）
- be proud <u>of</u>...（對…感到得意、驕傲）

「Are you... by...?」詢問「你是否被…？」

「Are you＋形容詞＋by＋人事物？」詢問「你是否被某人事物…？」。例如：

- <u>Are you troubled by</u> large pores?（你是否被毛孔粗大困擾？）

54 詢問：你是否「處於某種狀態」

Are you ＋某種狀態（形容詞）

Are you single?
你是否單身？

- 「Be動詞」可用來詢問「是否為…」。
- 「Are you＋形容詞」適用於詢問對方「是否處於某種狀態」。例如，感情狀態、生理狀態、忙碌與否…等狀態。

| 感 情 狀 態 | 你是否單身？ | **Are you** single? |
| | 你是否結婚了？ | **Are you** married? |

生 理 狀 態	你是否吃飽了？	**Are you** full?
	你是否清醒了？	**Are you** awake?
	你是否會冷？	**Are you** cold?

| 忙碌・空閒 | 你現在是否有空？ | **Are you** free right now? |
| | 你今天是否很忙？ | **Are you** busy today? |

「Are you used to＋名詞／動詞ing？」詢問「你是否習慣…？」

「Are you used to＋名詞／動詞ing？」表示「你是否習慣、熟悉…？」。例如：

- <u>Are you used to</u> the weather in Taiwan?（你是否習慣台灣的天氣？）
- <u>Are you used to</u> being along?（你是否習慣獨處？）
- <u>Are you used to</u> enjoying spicy food?（你是否習慣吃辣？）

55 詢問：你目前、現階段「是否正在做某事」

Are you ＋做某事（動詞ing）

Are you studying Japanese?

你目前正在學日文嗎？

- 「Be動詞」可用來詢問「是否為…」。
- 「Are you＋動詞ing」適用於詢問對方「目前是否正在做某事」、「現階段是否正在進行某事」。
- 此句型屬於「現在進行式」，語意涵蓋的時間範圍包含「說話的當下」、「現階段」、「目前的這一段時間」。

當下正在…

你正在哭嗎？　　　　　　　Are you crying?
你現在是在考驗我嗎？　　　Are you testing me?

目前正在…

你目前正在找工作嗎？　　　　Are you looking for a job?
你目前正在學日文嗎？　　　　Are you studying Japanese?
你目前正在準備留學嗎？　　　Are you preparing to study abroad?
你目前正在吃營養補給品嗎？　Are you taking nutritional supplements?

「Are you＋動詞ing?」的另外兩種用法

（1）【目前是否正經歷某事】：Are you＋動詞ing？

- Are you encountering some difficulties?（你目前遇到什麼困難了嗎？）

（2）【目前是否正轉變為某狀態】：Are you getting＋形容詞？

- Are you getting better now?（你目前變得好點了嗎？）

Be

56 詢問：是否「有某事物」

Is / Are there ＋某事物（名詞）

Is there any discount?
是否有打折？

- 「Be動詞」可用來詢問「是否有…」。
- 「Is / Are there＋名詞」適用於詢問「是否存在某抽象事物」、「是否存在某具體事物」。
- 要特別注意「be動詞」的形式：
  「某事物」是「複數」，「be動詞」用「are」；是「單數」，則用「is」。
- 「Is / Are there＋名詞」的句型中，可以使用「that子句」修飾「名詞」。但因為省略「that」並不會影響句意，所以「that」常被省略。可參考下方例句「*」。

問題・費用	是否有問題？	Is there a problem?
	是否有打折？	Is there any discount?
	是否有手續費？	Is there a service charge?

事物・食物	是否有颱風？	Is there a typhoon?
	是否有很多食物你不吃？	Is there much you won't eat?
		（* ....that you won't eat 的 that 省略）
	這段期間是否發生任何事？	Is there anything that has happened?
		（* that 可以省略）

「Is / Are there...?」可以表示「某處是否有某事物」

【Is / Are there ＋某事物　　　　　?】：是否有某事物？

【Is / Are there ＋某事物＋地方副詞?】：某處是否有某事物？例如：

- Is there a department store near here?（這附近是否有百貨公司？）
- Are there any hot spots around the MRT?（捷運附近是否有熱門景點？）

57 詢問：是否「有某人」

Is / Are there ＋某人（名詞）

Is there anyone you love?
你是否有喜愛的人？

- 「Be動詞」可用來詢問「是否有…」。
- 「Is / Are there＋名詞（某人）」適用於詢問對方「是否存在具有某種特質的人」、「是否存在某個人」。
- 此時「Is there」後面常接續「anyone」或「someone」作為「具有某種特質的人」的代名詞，「anyone」和「someone」後面會有表示「某種特質」的修飾語。例如：Is there <u>anyone</u> <u>you love</u>?
  作為代名詞　修飾語

某一人		
你是否有喜愛的人？		**Is there** anyone you love?
你是否有心儀的對象？		**Is there** someone you are interested in?
是否有人能幫我？		**Is there** anyone who can help me?
是否有人會說中文？		**Is there** anyone who speaks Chinese?
這裡是否有你認識的人？		**Is there** anyone you know here?

多個人		
你們公司是否有很多林小姐？		**Are there** many Miss Lins in your company?

如何詢問「你要找的是哪一位○○小姐 / 先生？」

在職場上接到「我要找○○小姐 / 先生」的電話，且「○○小姐 / 先生」不只一位時，需要詢問對方「你要找的是哪一位○○小姐 / 先生」。例如：

- We have two Miss Lins. Which Miss Lin are you calling for?
  （我們有兩位林小姐。你要找哪一位林小姐？）

58 詢問:「你的…」是否…

Is / Are your +某人事物(名詞)

Is your job interesting?
你的工作是否有趣?

- 「Be動詞」可用來詢問「是否為…」。
- 「Is / Are your+名詞」適用於詢問對方「你的…是否有某種特質」。
- 「…」可以是「和對方相關的人事物」,例如「生活、工作、家人…」等。

個人生活

你的情緒是否穩定?   Are your emotions stable now?

你的家庭生活是否還過得去?   Is your family life tolerable?

聯絡資訊

你的電話是 1234-1234 嗎?   Is your phone number 1234-1234?

你的手機號碼是否在名片上?   Is your cell number on your business card?

職場工作

你的工作是否有趣?   Is your job interesting?

你的工作是否有挑戰性?   Is your job challenging?

「Is / Are your+某人?」詢問「你的(相關人員)是否…?」

「Is / Are your+某人?」用於詢問「你的(相關人員)是否具備某特質」。例如:

- Is your father healthy?(你的父親是否身體健康?)
- Is your colleague easy to get along with?(你的同事是否好相處?)

59 詢問：「這…」是否…

Is it ＋某事物 / 某狀態（名詞 / 形容詞）

你的

Is it your baggage?
這是你的行李嗎？

- 「Be動詞」可用來詢問「是否為…」。
- 「Is it＋名詞 / 形容詞」適用於詢問「這是…嗎？」、「這是否…？」。
- 後面加上連接詞「or」，就變成「這是…嗎？還是…？」的意思。

這是…嗎	這是對的嗎？	Is it right?
	這是真的嗎？	Is it true?
	這對你來說是否太難？	Is it too difficult for you?
	這是你的行李嗎？	Is it your baggage?
	這是你的第二份工作嗎？	Is it your second job?

這是…還是…	這是好消息？還是壞消息？	Is it good news or bad news?
	這是商務旅館？還是民宿？	Is it a commercial hotel or a B&B?

「Is it really...?」是用「really」加強語氣

「Is it really＋名詞 / 形容詞？」是用「really」加強語氣，表示「真的…嗎」。例如：

- <u>Is it</u> really that good?（這是否真的那麼好？）

「Is it...to＋原形動詞？」詢問「做某事是否…？」

此時的「it」是「虛主詞」，代替「to＋原形動詞」（實際的主詞）。例如：

- <u>Is it</u> safe for you <u>to return home so late</u>?（這麼晚回家，你是否安全？）

  it當虛主詞　　　　　實際的主詞

Do

60 詢問：你是否「總是、經常做某事」

Do you always / often / usually＋做某事（動詞原形）

Do you often dine out?

你經常外食嗎？

- 「助動詞 Do」可用來詢問「是否會做…」。
- 「Do you...？」可以表示「你平常是否會…？」、「你目前是否…？」。例如「平常是否會買…、吃…、攜帶…」等，以及「目前是否感覺…、是否需要…」等。
- 「Do you always / often / usually＋動詞原形」適用於詢問對方「是否總是、經常會做某事」。

你總是…嗎
| 你都這麼晚起床嗎？ | Do you always get up so late? |
| 你說話都這麼直接嗎？ | Do you always speak this directly? |

你經常…嗎
你經常外食嗎？	Do you often dine out?
你經常感冒嗎？	Do you often catch colds?
你經常一個人吃午餐嗎？	Do you usually have lunch alone?
你經常工作到晚上嗎？	Do you usually work late into the night?

用「so、such、this」（這麼…、如此…）修飾程度

- 【so ＋形容詞】：
  Why are you so happy?（你為什麼這麼開心？）
- 【such ＋名詞】：
  How can you enjoy such spicy food?（你怎麼能吃如此辣的食物？）
- 【this ＋形容詞 / 副詞】：
  I can't handle a case this big.（我無法勝任這麼大的案子。）

Do

61 詢問：你是否「希望、想要做某事」

Do you wish ＋做某事（子句）
Do you want to ＋做某事（動詞原形）

想要

Do you want to own a pet?
你想要養寵物嗎？

- 「助動詞 Do」可用來詢問「是否會做…」。
- 「Do you wish ＋子句 / Do you want to＋動詞原形」適用於詢問對方「是否希望、想要做某事」。
- 「wish＋子句」通常表示「很難實現的願望、無法實現的願望」，在英文裡稱這種用法為「假設語氣」，必須使用「過去式動詞」。因此，「Do you wish＋子句」裡子句的「動詞」必須使用「過去式」。

你是否 希望…？	你是否希望能長得更高？	Do you wish you were taller than you are now?
	你是否希望看起來更年輕？	Do you wish you looked younger?
你是否 想要…？	你是否要和我們一起午餐？	Do you want to join us for lunch?
	你是否要和我一起去散步？	Do you want to go for a walk with me?
	你是否想要養寵物？	Do you want to own a pet?
	你是否想要從政？	Do you want to work in politics?

「Do you want ＋名詞？」詢問「你想要某事物嗎？」

詢問「你想做某事嗎？」，用「Do you want to＋動詞原形？」

詢問「你想要某物嗎？」，用「Do you want ＋名詞？」

例如：

- Do you want <u>an aisle seat</u> or <u>a window seat</u>?（你要靠走道還是靠窗的座位？）

Do

MP3 062

62 詢問：你是否「擁有…」

Do you have ＋某人事物（名詞）

Do you have a loan?

你是否有貸款？

- 「助動詞 Do」可用來詢問「是否會做…」。
- 「Do you have ＋名詞」適用於詢問對方「是否有具體的、抽象的事物」、「是否有某種想法」、「是否有某種計畫」、「是否有某人」…等。

具體事物	你是否有車？	**Do you have** a car?
	你是否有蛀牙？	**Do you have** any cavities?
抽象事物	你是否有貸款？	**Do you have** a loan?
	你是否有預約？	**Do you have** a reservation?
	你是否有什麼興趣？	**Do you have** any hobbies?
	你是否有備用的電子信箱？	**Do you have** a backup email account?
想法·計畫	你是否有任何好建議？	**Do you have** any good suggestions?
	對這件事你是否有任何想法？	**Do you have** any opinion on this matter?
	本週日你是否有任何計畫？	**Do you have** any plans this Sunday?

「Do you have＋某人？」詢問「你是否有某人？」

詢問「你是否有某人？」也可以用「Do you have...?」的句型。例如：

- <u>Do you have</u> an assistant?（你有助理嗎？）
- <u>Do you have</u> a girlfriend?（你有女朋友嗎？）

63 詢問：你是否「喜歡、討厭…」

Do you like / hate ＋某人事物（名詞）

Do you like fast food?
你是否喜歡速食？

- 「助動詞 Do」可用來詢問「是否會做…」。
- 「Do you like / hate ＋名詞」適用於詢問對方「是否喜歡某人事物」、「是否討厭某人事物」。
- 與「like」和「hate」一樣表示「喜歡 / 討厭」的詞彙還有「prefer（偏愛）」、「dislike（討厭）」。

喜歡

你是否喜歡速食？	Do you like fast food?
你是否喜歡你的工作？	Do you like your job?
你是否喜歡購物？	Do you like shopping?
你是否喜歡個性直率的女生？	Do you like forthright girls?

討厭

你是否討厭社交活動？	Do you hate social activities?
你是否討厭大蒜？	Do you hate garlic?
你是否討厭不誠實的人？	Do you hate dishonest people?

「like」和「hate」後面所接續的「動詞型態」

「like」和「hate」後面接續「動詞」時，動詞型態可以使用「to＋原形動詞」或「動詞ing」。例如：

- Do you like to exercise / exercising?（你喜歡運動嗎？）
- Do you hate to have / having a regular working life?
  （你討厭規律的上班生活嗎？）

Do

64 詢問：你是否「認為、覺得…」
Do you think＋某事件（子句）

明天聚會

Do you think he really will come?
你是否覺得他真的會來？

- 「助動詞 Do」可用來詢問「是否會做…」。
- 「Do you think that＋子句」適用於詢問對方「是否認為、覺得…」，是用來詢問別人「看法、意見」的常用句型。
- 「think」後面會接「that子句」。因為「that」即使不寫出來，也不會造成語意上的混淆，所以有時會被省略。

認為某人…

| 你是否覺得他真的會來？ | Do you think that he really will come? |
| 你是否覺得自己固執？ | Do you think that you are stubborn? |

認為某事…

你是否覺得臭豆腐很臭？	Do you think that stinky tofu smells?
你會覺得太辣了嗎？	Do you think it is too spicy?
你覺得這是好方法嗎？	Do you think that this is a good way?
你覺得八卦報導是社會亂源嗎？	Do you think the gossip news is the origin of social chaos?

如何簡單回應「Do you think...?」

因為助動詞「Do」的問句是問「是否…？」，因此如果只想簡單回應對方「Do you think...?」的問題，可以這樣回應：

- Yes, I do.（對，我是這麼覺得。）
- No, I don't think so.（不，我不這麼覺得。）
- Not sure.（我不確定。）

Do

65 詢問：你是否「擔心…」

Do you worry＋某事（子句／名詞）

被裁員

Do you worry about layoffs?
你是否擔心裁員？

- 「助動詞 Do」可用來詢問「是否會做…」。
- 「Do you worry that＋子句／about＋名詞」適用於詢問對方「是否會擔心某事」。
- 「worry about＋名詞」的「名詞」形式，可以是「一般名詞」，或是「動詞ing 形式」的「動名詞」。

擔心他人…	你是否擔心小孩安危？	Do you worry about your child's safety?
	你是否擔心男友出軌？	Do you worry that your boyfriend plays around?
	你是否擔心他父母不喜歡妳？	Do you worry that his parents don't like you?

擔心自己…	你是否擔心沒錢退休？	Do you worry about having no money for retirement?
	你是否擔心存不了錢？	Do you worry that you can't save any money?
	你是否擔心失去競爭力？	Do you worry about losing your competitiveness?

「play around」是「和別人亂搞男女關係」

上方例句的「play around」是指「和老公、老婆、或情人以外的人，有性關係」，中文常譯為「出軌、外遇」。後面常接續「with＋某人」，意義為「和某人有不尋常的男女關係」。例如：

- My wife has been <u>playing around with</u> her supervisor.
  （我太太和她的主管一直有不尋常的男女關係。）

66 詢問：你「過去」是否做了某件事
Did you ＋已做的事（動詞原形）

 晚餐時間

Did you have your dinner?
你當時有吃晚餐嗎？

- 「助動詞 Do」的過去形態「Did」可用來詢問「過去是否會做…」。
- 「Did you＋動詞原形」適用於詢問對方「過去、當時、之前是否做了某事」。
- 此時經常會搭配表示過去時間點的「時間副詞」。

今天稍早時		
你剛剛是否打了電話給我？	**Did you** just call me?	
你今天是開車的嗎？	**Did you** drive today?	
你今天是否遇上了塞車？	**Did you** get stuck in traffic today?	

過去的某時		
你當時搭機順利嗎？	**Did you** have a good flight?	
你當時有吃晚餐嗎？	**Did you** have your dinner?	
你今年是否有投票？	**Did you** vote this year?	
你是否有領到資遣費？	**Did you** get compensated for your dismissal?	

「be/get compensated for...」表示「因故獲得金錢賠償」

「compensate」指「補償、賠償」，後面經常接續「for＋賠償原因」，如上方例句中的「be / get compensated for＋原因」。經常用於「工作上的金錢補償」、「因某物受損獲得的賠償」、「因某物遺失獲得的賠償」等。例如：

- I wasn't compensated for the damage to my car.
  （我的車子受損並未獲得賠償。）

67 詢問：「你的⋯」是否會做某件事

Does your ＋某人做某件事（動詞原形）

男友
壓力
?

Does your boyfriend put you under pressure?
妳男友是否會給妳壓力？

- 「助動詞 Do」可用來詢問「是否會做⋯」。
- 「Does your＋名詞（某人）＋動詞原形」適用於詢問「和你相關的某人是否會做某事」。
- 「Does」是助動詞「Do」在主詞是第三人稱、單數，且時態為現在式的形態。如果「和你相關的某人」不只一個人，記得要將句首的「Does」改為「Do」。
- 此句型的主詞除了是「某人」，也可以是「事物」，例如：
  「Does your work...」（你的工作是否⋯）
  「Does your skin...」（你的皮膚是否⋯）

家人・情人	
你家人是否會叫你起床？	Does your family wake you up?
你媽媽是否會催你結婚？	Does your mother urge you to get married?
妳老公是否會幫忙做家事？	Does your husband help you with the household chores?
妳男友是否會給妳壓力？	Does your boyfriend put you under pressure?

主管・上司	
你的主管是否信任你？	Does your supervisor trust you?

「under pressure」是「處於有壓力的狀態」

介系詞「under」在「under pressure」的意思是「處於某種狀態之下」。類似用法還有：

- under the influence of alcohol（處於酒醉的狀態下）
- under control（處於能夠掌控的狀態下；在掌控之中）

Have

68 詢問：過去到現在，是否「已做了某件應該要做的事」

Have you ＋ 應該要做的某件事（過去分詞）

感冒後 ➔ 現在 ？

Have you gone to the doctor?
你是否看醫生了？

- 「助動詞 Have」可用來詢問「從過去到現在，是否做了某件事」。

- 「Have you＋過去分詞」適用於詢問對方「從過去的某時開始到現在，是否已經做了某件應該要做的事」。

- 這種「完成式」的句型經常搭配「yet」、「already」來表示「已經」：
  【yet】：用於「疑問句」，通常放在句尾
  Have you made your decision <u>yet</u>?（你是否已經決定好？）
  【already】：用於「肯定句」，放在「助動詞have / has之後、一般動詞之前」
  I have <u>already</u> made my decision.（我已經決定好。）

- 補充說明 「yet」、「already」用於其他句型時，意義不同，例如：
  【yet】：用於「否定句」，表示「尚未」、「還沒」
  I have <u>not</u> made my decision <u>yet</u>.（我還沒決定好。）
  【already】：用於「疑問句」，表示「比自己預期的還要快速」。
  Have you made your decision <u>already</u>?（你這麼早就決定好了？）

決定	你是否已經決定好？	Have you made your decision yet?
飲食・健康	你是否吃過了？	Have you eaten?
	你是否看醫生了？	Have you gone to the doctor?
住所・工作	你是否已經找到房子？	Have you found a house yet?
	你是否找工作了？	Have you looked for a job?
	你是否通過試用期了？	Have you made it through the trial period?

085

Have

69 詢問：過去到現在，是否「曾經有…經驗」
Have you ＋某件事（過去分詞）

過去 ➔ 現在

請投 X 號

Have you ever sold your vote?
你是否曾經接受賄選？

- 「助動詞 Have」可用來詢問「從過去到現在，是否做了某件事」。
- 「Have you＋過去分詞」適用於詢問對方「從過去到現在，是否有做過某事的經驗」、「從過去到現在，是否曾經做過某事」。
- 此句型經常搭配「ever」來表示「曾經」，「ever」的位置請參考下方例句。

旅行的經驗

你是否去過美國？	**Have you** ever been to the U.S.?
你是否去過韓國？	**Have you** been to Korea?
你是否曾經出國旅行？	**Have you** ever travelled abroad?

其他經驗

| 你是否曾經參加示威遊行？ | **Have you** participated in a protest march? |
| 你是否曾經接受賄選？ | **Have you** ever sold your vote? |

如何簡單回應「詢問經驗」的「Have you...?」

回答「詢問經驗」的問句時，不能使用「ever」。例如：

（○）● Yes, I have.　（我有做過。）

（○）● No, never.　（從未做過。）

（○）● No, I haven't.　（我沒做過。）

（X）● I have <u>ever</u>.... *ever 只能搭配「現在完成式的疑問句」，不能用於肯定句。

70 詢問：過去到現在，是否「持續某種狀態、情緒」

Have you ＋某狀態、某情緒（過去分詞）

Have you been this optimistic?
你是否一直這麼樂觀？

- 「助動詞 Have」可用來詢問「從過去到現在，是否做了某件事」。
- 「Have you＋過去分詞」適用於詢問對方「從過去到現在，是否持續某種狀態、持續某種情緒」。
- 表示某種狀態、情緒時，經常會使用「be動詞＋形容詞」。「be動詞」的過去分詞是「been」，因此此句型通常是「Have you been＋形容詞＋…？」的型態。
- 經常搭配表示「最近」的時間副詞，像是「lately」、「recently」等。

情緒・思考

你最近是否一直很開心？　　Have you been happy recently?
你最近心情好嗎？　　　　　Have you been in a good mood lately?
你是否一直這麼樂觀？　　　Have you been this optimistic?
你是否一直這麼悲觀？　　　Have you been this pessimistic?

忙碌・勞累

你最近是否一直很忙？　　　Have you been busy recently?
你最近是否一直很累？　　　Have you been very tired recently?

從「optimistic」和「pessimistic」，學英文字根

字根「optim-」指「最好的、非常好的」→「**optim**istic」：「樂觀的」。衍生字：
- <u>optim</u>ism（樂觀主義）　● <u>optim</u>ist（樂觀主義者）

字根「pessim-」指「不好的、最糟的」→「**pessim**istic」：「悲觀的」。衍生字：
- <u>pessim</u>ism（悲觀主義）　● <u>pessim</u>ist（悲觀主義者）

71 | 詢問：過去到現在，某人是否「已做了某件應該要做的事」

Has＋某人＋某人應該要做的某件事（過去分詞）

Has Mr. Lee called for me?
李先生是否有打電話找我？

- 「助動詞 Have」可用來詢問「從過去到現在，是否做了某件事」。
- 「Has＋名詞（某人）＋過去分詞」適用於詢問「從過去的某時開始到現在，某人是否已做了某件應該要做的事」。
- 因為「Has」是助動詞「Have」在主詞是第三人稱、單數，且時態為現在式的形態。因此，如果某人「不只一個人」，記得要將「Has」改為「Have」。
- 此句型的主詞如果是「事物」，則表示「某事物是否已成為某種期望狀態」。

| 和我相關 | 李先生是否有打電話找我？ | Has Mr. Lee called for me? |
| | 姍迪是否幫我預約了？ | Has Sandy made a reservation for me? |

和我無關	你姊姊是否找到工作了？	Has your sister found a job?
	莎拉是否洗碗了？	Has Sarah done the dishes?
	約翰是否抵達了？	Has John arrived yet?
	伊森是否寫完功課了？	Has Eason done his homework?

「do the dishes」是「洗碗盤」

上方例句的「do the dishes」意思和「wash the dishes」一樣，都是「洗碗盤」。可以用動詞「do」來表示這個行為。類似用法還有：

- <u>do</u> the laundry（洗衣服）
- <u>do</u> the household chores（做家事）

MP3 072

72 詢問：你是否「有意願」做某事

Will you＋做某事（動詞原形）

嫁給我 ?

Will you marry me?
你是否願意嫁給我？

- 「Will」最普遍的用法是表示「會自然發生在未來的事、被預期會發生在未來的事」，另外也有表示「個人意願」、「承諾」的用法。
- 所以「助動詞 Will」開頭的問句，可以用來詢問「某人的意願」。
- 「Will you＋動詞原形」適用於詢問對方「是否有意願做某事」。

協助相關	你是否願意等我？	Will you wait for me?
	你是否願意幫我？	Will you give me a hand?
	你是否願意借我？	Will you lend it to me?

感情相關	你是否願意當我的女朋友？	Will you be my girlfriend?
	你是否願意和我交往？	Will you go with me?
	你是否願意嫁給我？	Will you marry me?

「Will there be…？」詢問「未來是否會有…？」

「Will there be＋名詞？」用來詢問「未來是否會有…？」。「there be...」是表示「有…」的句型。例如：

- Will there be any chances for us to cooperate?
  （我們未來是否有機會合作？）
- Will there be any side effects to taking the medicine?
  （吃這個藥，未來是否會有副作用？）

73 詢問：你是否「承諾」做某事

Will you＋做某事（動詞原形）

Will you call me tonight?
你今晚是否會打電話給我？

- 延續上一個單元「Will」的意義，「助動詞 Will」可用來詢問「某人的承諾」。
- 「Will you＋動詞原形」適用於詢問對方「是否承諾做某事」。

感情・聯絡		
	你是否會好好愛惜它？	**Will you** cherish it dearly?
	你是否會永遠愛我？	**Will you** love me forever?
	你今晚是否會打電話給我？	**Will you** call me tonight?

功課・家事		
	你是否會做你的功課？	**Will you** do your homework?
	你是否會去倒垃圾？	**Will you** take out the trash?
	你是否會打掃你的房間？	**Will you** clean your room?

「Will you promise not...?」詢問「你保證不再…？」

「Will you...?」搭配「promise not...」（保證不…），可以用來詢問「你保證不再…嗎？」。要記得「promise」後面要接續「to＋原形動詞」。例如：

- Will you promise not to do it again?（你保證不再犯嗎？）
- Will you promise not to tell a lie again?（你保證不再說謊嗎？）
- Will you promise not to have an affair again?（你保證不再搞外遇嗎？）

74 詢問：你是否「有能力」做某事

Can you＋做某事（動詞原形）

Can you ride a motorbike?
你是否會騎機車？

- 「助動詞 Can」可用來詢問「是否有能力⋯、是否有可能⋯」。
- 「Can you＋動詞原形」適用於詢問對方「是否有能力做某事」、「是否有可能做某事」，也是用於「請求對方協助是否可以做⋯」的常用句型。

詢問能力

你是否做得到？	Can you do it?
你是否會煮菜？	Can you cook?
你是否會騎機車？	Can you ride a motorbike?
你是否能很快交到朋友？	Can you make friends easily?
你是否可以和你的小孩溝通？	Can you communicate with your child?

請求協助

| 你是否可以馬上出貨給我？ | Can you make a delivery right now? |
| 你明天是否可以來飯店接我？ | Can you pick me up at the hotel tomorrow? |

「pick someone up」表示「接送某人」

上方例句的「pick someone up」是指「去某地接送某人」。後面經常接續「地方副詞」或「時間副詞」。例如：

- I'll pick you up at your place at 7:00.（我七點會過去接你。）
- Will you pick me up from the airport?（你是否會從機場過來接我？）

75 詢問：你是否「可以幫我」做某事

Can you help me＋做某事（動詞原形／介系詞）

請病假

Can you help me ask for a sick leave?
你是否可以幫我請病假？

- 「助動詞 Can」可用來詢問「是否有能力…、是否有可能…」。
- 「Can you help me＋動詞原形／介系詞」適用於詢問對方「是否能夠幫我做某事」、「關於某事，是否能夠幫我」。

協助我…

你是否可以幫我處理這個？	Can you help me with this?
關於這件事，你是否可以幫我？	Can you help me <u>on</u> this matter?
	用介系詞「on」表示「關於…」
你是否可以幫我處理這個案子？	Can you help me deal with this case?
你是否可以幫我請病假？	Can you help me ask for a sick leave?
你是否可以幫我送她回家？	Can you help me drive her home?
你是否可以幫我打幾通電話？	Can you help me make some phone calls?

「leave」表示「休假」

「leave」當名詞使用時，可以表示「（工作或服役期間的）休假」。前面可以加上其他詞彙，表示假期的原因。例如上方例句中的「sick leave」（病假），以及常見的「maternity leave」（產假）等。

「leave」前面也可以加上「表示時間」的詞彙：

- Can I <u>request</u> a one-week leave?（我可以請一星期的假嗎？）
  要求、請求

Can

76 詢問：「我是否可以」做某事

Can I ＋ 做某事（動詞原形）

Can I pay by credit card?
我是否可以刷卡？

- 「助動詞 Can」可用來詢問「是否有能力…、是否有可能…」。
- 「Can I ＋ 動詞原形」適用於詢問對方「我是否可以、是否能夠做某事」。

| 購物相關 | 我是否可以刷卡？ | Can I pay by credit card? |
| | 我是否可以試穿？ | Can I try on the clothes? |

| 留言・答覆 | 我是否可以留言？ | Can I leave a message? |
| | 我是否可以明天回覆你？ | Can I give you the answer tomorrow? |

| 參與・見面 | 我是否可以加入你們？ | Can I join you? |
| | 我明天是否可以見你？ | Can I see you tomorrow? |

如何回應「Can I…?」

【表示　同意】：No problem.（沒問題。）／ That's OK.（可以啊。）

【表示不同意】：Well, I'm afraid not.（嗯…恐怕沒辦法。）

「How can I...?」表示「我要如何才能…？」

疑問詞「How」和「Can I…?」搭配時，可以表示「我要如何做才能…？」。例如：

- How can I stay young?（我要如何做才能保持年輕？）

Could

MP3 077

77 詢問：「是否可以請你幫我」做某事

Could you ＋做某事（動詞原形）

保管

?

Could you keep my baggage?
是否可以請你幫我保管行李？

- 「助動詞 Could」可用來詢問「是否有可能…」。
- 「Could you＋動詞原形」適用於詢問對方「是否可以請你幫我做某件事」。
- 「Could...?」的意思和「Can...?」相同，但是語氣較有禮貌、較客氣，因此，通常「Could...?」是對陌生人或不熟識的人使用，而「Can...?」則是對朋友或家人使用。

對服務人員

是否可以請你幫我量尺寸？   Could you measure me?

是否可以請你給我一杯水？   Could you give me a glass of water?

是否可以請你再給我一條被子？   Could you give me one more quilt?

是否可以請你幫我保管行李？   Could you keep my baggage?

是否可以請你幫我叫計程車？   Could you call a taxi?

電話應對

是否可以請你轉告他我打電話找他？   Could you tell him I called, please?

是否可以請你讓他回我電話？   Could you have him call me back?

「Could you...?」後面經常搭配「please」

因為「Could you...?」是向對方「請求、拜託」，因此後面經常搭配「please」。例如：

- Could you please fill our water glasses?（是否可以請你幫我們加水？）
- Could you please tell me your phone number?（是否可以請你留電話號碼？）

Could

78 詢問：「我是否可以」做某事

Could I ＋做某事（動詞原形）

Could I change rooms?
我是否可以換房間？

- 「助動詞 Could」可用來詢問「是否有可能…」。
- 「Could I ＋動詞原形」適用於詢問對方「我是否可以、是否能夠做某事」。
- 「請對方給予某物」，也就是詢問對方「我是否可以有某物」時，經常使用「Could I have...?」。可參考下方例句。

| 我是否可以… | 我是否可以看一下這個？ | Could I take a look at this? |
| | 我是否可以換房間？ | Could I change rooms? |

請給我某物	是否可以給我毛巾？	Could I have a towel, please?
	是否可以給我一杯水？	Could I have a glass of water?
	是否可以給我菜單？	Could I have a menu, please?
	是否可以給我叉子？	Could I have a fork, please?

如果是主詞是「我們」，要用「Could we...?」詢問

如果主詞是「我們」，要用「Could we...?」。例如：

- Could we have chopsticks?（是否可以給我們筷子？）
- Could we have our dishes more quickly?（是否可以上菜快一點？）

79 詢問：你是否「有意願做某事」

Would you ＋做某事（動詞原形）

Would you help me?
你是否願意幫我？

- 「助動詞 Would」可用來詢問「是否有意願…」。
- 「Would you ＋動詞原形」適用於詢問對方「是否有意願做某事」，也是「請求對方是否願意做…」的常用句型。
- 「Would you」後面經常搭配「please」。

生活相關

你是否願意幫我？	**Would you** help me?
你是否願意嫁給我？	**Would you** marry me?
你是否願意再說一次？	**Would you** please say that again?
你是否願意幫我們拍照？	**Would you** please take a picture of us?

職場相關

你是否願意陪我拜訪客戶？	**Would you** accompany me to visit this client?
你是否願意看一下這份企畫案？	**Would you** take a look at this proposal?

「Will you...?」和「Would you...?」的差異
「Can you...?」和「Could you...?」的差異

助動詞「will」、「would」、「can」、「could」都適用於「向對方提出請求」。差異是：

- 【Will you...?】：屬於「有禮貌」的語氣
  【Would you...?】：屬於「非常有禮貌」的語氣

- 【Can you...?】：語氣較「口語」
  【Could you...?】：語氣較「有禮貌」

Would

80 詢問：你是否「想要某物」
Would you like ＋某物（名詞）

Would you like some dessert?
你是否要來些甜點？

- 「助動詞 Would」可用來詢問「是否有意願…」。
- 「Would you like＋名詞」適用於詢問對方「是否想要某物」，也是用於「提議」的常用句型。
- 後面經常搭配「or」接續兩個物品，表示詢問「對方想要A物還是B物？」。

是否需要…	你是否要喝咖啡？	Would you like a cup of coffee?
	你是否要來些甜點？	Would you like some dessert?
	你是否要白飯？	Would you like rice?
要 A 物 還是 B 物	你要牛肉還是豬肉？	Would you like beef or pork?
	你要來些熱茶或咖啡？	Would you like some hot tea or coffee?
	你要白飯還是麵？	Would you like rice or noodles?

「some」表示「一些；不確定的數量」

「some」是形容數量的形容詞，常用來表示「一些」或「不確定的數量」，後面可以接續「可數名詞」或「不可數名詞」。例如：

- A：What would you like to drink?（請問你要喝什麼？）
  B：I want some coffee.（我要來些咖啡。）

MP3 081

81 詢問：你是否「想要做某事」

Would you like to＋做某事（動詞原形）

Would you like to listen to some music?
你是否要聽點音樂？

- 「助動詞 Would」可用來詢問「是否有意願…」。
- 「Would you like to＋動詞原形」適用於詢問對方「是否想要做某事」，也是用於「提議」的常用句型。

| 飲食相關 | 你是否要和我吃午餐？ | **Would you like to** have lunch with me? |
| | 你是否要喝點東西？ | **Would you like to** have something to drink? |

| 電話相關 | 你是否要請他回電？ | **Would you like to** have him call you back? |
| | 你是否要留言？ | **Would you like to** leave a message? |

| 娛樂・交通 | 你是否要聽點音樂？ | **Would you like to** listen to some music? |
| | 你是否要搭他的便車？ | **Would you like to** get a ride with him? |

「ride」表示「搭乘（車輛）」

「get a ride＋with＋某人」表示「搭乘某人的便車」

「give＋某人＋a ride」表示「順便載某人一程」

例如：

- Can you **give me a ride**?（你能載我一程嗎？）

Would

 MP3 082

82 詢問：你是否「會介意某事」

Would you mind if＋某事（過去式子句）

Would you mind if I closed the door?
你是否介意我關門？

- 「助動詞 Would」可用來詢問「是否會…」。
- 「Would you mind if＋過去式子句」適用於詢問對方「是否會介意某事發生」，也是用於「向對方禮貌請求」的常用句型。
- 要注意「if」後面接的子句，通常主詞是「我」，而且，動詞時態一定要用「過去式」。
- 「if」後面用「過去式」是因為此句型屬於「假設語氣」。

禮貌請求

你是否介意我關門？	Would you mind if I closed the door?
你是否介意我開窗？	Would you mind if I opened the window?
你是否介意我坐這裡？	Would you mind if I sat here?
你是否介意我關冷氣？	Would you mind if I turned off the air conditioner?

如何回應「Would you mind if...?」

表達【同意】：要用「否定句」

- No, not at all.（不，一點也不（介意）。）
- Of course not.（當然不（介意）。）
- Sure, no problem.（當然沒問題。）

表達【不同意】：要用「肯定句」，通常使用委婉的肯定句

- Actually, I would mind.（老實說，我會介意。）

099

MP3 083

83 詢問：「是否可以給我」某物

May I have＋某物（名詞）

menu ？

May I have a menu?
是否可以給我菜單？

- 「助動詞 May」可用來詢問「是否許可…」。
- 「May I have＋名詞」適用於詢問對方「是否可以給我某物」，也是「請求對方」的常用句型。
- 此句型經常搭配「please」，寫成「May I please have...?」或「May I have..., please?」。
- 此句型雖然是「問句」形式，但實際意義就等於中文的「請給我某物」，是一種「有禮貌的請求」。

餐飲・旅行		
是否可以給我中文雜誌？	**May I have** some Chinese magazines?
是否可以給我菜單？	**May I have** a menu?
是否可以給我熱咖啡？	**May I have** a hot coffee?
是否可以給我一杯水？	**May I have** another cup of water?

社交・購物		
是否方便給我您的名片？	**May I** please **have** your business card?
是否方便給我收據？	**May I** please **have** a receipt?

只有「May I...?」或「May we...?」，沒有「May you...?」

助動詞「May」的問句主詞只能是第一人稱的「我」或「我們」，其他人稱像是「you」或「he」…等，都無法與「May」搭配成問句。例如：

（X）「May you…?」、「May he…?」、「May she…?」、「May they…?」

（○）**May we** exchange business cards?（我們能交換名片嗎？）

84 詢問:「是否可以告訴我」某事

May I ask + 某事(子句)

年紀 ?

May I ask how old you are?
是否可以告訴我你今年幾歲?

- 「助動詞 May」可用來詢問「是否許可…」。
- 「May I ask + 子句」適用於詢問對方「是否能夠請問你某事」、「是否可以告訴我某事」,也是「請求對方」的常用句型。
- 此句型雖然是「問句」形式,但實際意義就等於中文的「請問…」,是一種「有禮貌的請求」。
- 「May I ask…」後方的子句經常是「疑問詞開頭的子句」。

電話用語	是否可以告訴我你是哪一位? (請問你是哪一位?)	May I ask who is calling?
	是否可以告訴我你要找誰? (請問你要找誰?)	May I ask who are you looking for?
	是否可以告訴我你的電話號碼? (請問你的電話號碼?)	May I ask what your phone number is?

社交相關	是否可以告訴我你今年幾歲? (請問你今年幾歲?)	May I ask how old you are?
	是否可以告訴我你的名字怎麼拼? (請問你的名字怎麼拼?)	May I ask you how to spell your name?

「May I ask...?」後面也可以接續「名詞」

- <u>May I ask your name</u>?(能請問您的大名?)
- <u>May I ask a question</u>?(我方便提個問題嗎?)

MP3 085

85 詢問:「是否我可以」做某事

May I + 做某事 (動詞原形)

May I help you?
是否我可以為您服務?

- 「助動詞 May」可用來詢問「是否許可…」。
- 「May I + 動詞原形」適用於詢問「是否我可以做某事」、「是否我能夠做某事」,也是「請求對方」的常用句型。
- 意思等於中文的「請問我可以做…嗎?」,是一種「有禮貌的請求」。

待客禮儀

請問我可以為您服務嗎?	May I help you?
請問我可以為您點餐了嗎?	May I take your order?
請問我可以幫您拿大衣嗎?	May I take your coat?

電話用語

是否我可以和凱倫說話? (請問凱倫在嗎?)	May I speak to Karen, please?
是否我可以記下你的留言? (請問您要留言嗎?)	May I take a message?
是否我可以和你們經理說話? (請問你們經理在嗎?)	May I speak to your manager?

「order」表示「點餐」

「order」作為「名詞」時,除了表示「命令;順序」,也可以表示「(在餐飲店)點餐」。常見的用法有「take one's order」(為某人點餐)。另外,「order」當「動詞」使用時,也可以表示「點餐」。例如下方的對話:

- A:May I take your order?(請問我可以為您點餐了嗎?)
  B:Sure, I would like to order French fries.(可以,我要點薯條。)
  (*A句的「order」是「名詞」;B句的「order」是「動詞」。)

PART 2 圖解【關鍵詞】，
　　　　英語對話非難事！

〔基本資料〕

〔外表〕

〔工作〕

〔希望〕

〔生活〕

〔飲食〕

〔人際關係〕

〔近況〕

〔好心情〕

〔壞心情〕

〔流行大小事〕

〔生活大小事〕

〔社會大小事〕

 →  →

MP3 086

Q 主動提問·延續話題不冷場：

什麼名字？

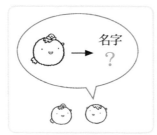

名字
？

What is...?

What is your <u>name</u>?
名字

你叫什麼名字？

"姓" 什麼？

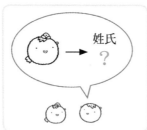

姓氏
？

What is...?

What is your <u>last name</u>?
姓氏

你貴姓？

該稱呼你什麼？

Amy　Ms. Lee　？
or

What should...?

What should I <u>call</u> you?
稱呼

我該怎麼稱呼你？

你是某某人嗎？

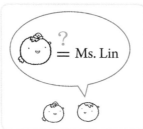

？
= Ms. Lin

Are you...?

Are you <u>Ms.</u> Lin?
…小姐，用於不確定對方是否已婚或未婚時

請問你是林小姐嗎？

我可以稱呼你…嗎？

Jane
？

Can I...?

Can I <u>call</u> you Jane?
稱呼

我可以叫你珍嗎？

冒昧請問對方
名字如何拼
寫？

（*May I 是禮
貌的請問語
氣）

May I...?

May I ask how to spell your name?
　　　　　　　　拼字

請問你的名字怎麼拼？

A 主動表達‧回應話題不詞窮：

我的名字
是…

my name is

My name is David Chen.
我的名字是大衛‧陳。

我姓…

my last name is

My last name is Lin.
我姓林。

綽號

nickname

I don't like my **nickname**.
我不喜歡我的綽號。

英文名字

English name

I don't have an **English name**.
我沒有英文名字。

我的名字的由來

我的名字是算命來的。　　My name was chosen by a fortune teller.

我的英文名字是老師取的。　　My English name was given to me by my teacher.

單字　choose 選擇／fortune teller 算命師

02 年齡

Q 主動提問‧延續話題不冷場：

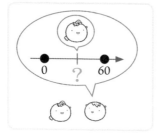

幾歲？

How old...?

How old are you?

你幾歲？

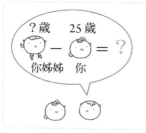

相差幾歲？

How much...?

How much <u>older</u> than you is your
sister？　　較年長的

你姊姊比你大幾歲？

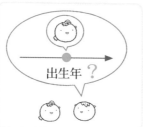

哪一年出生？

What year...?

What year were you <u>born</u>?
　　　　　　出生

你是哪一年出生的？

什麼時候生
日？

When is...?

When is your <u>birthday</u>?
　　　　生日

你的生日是什麼時候？

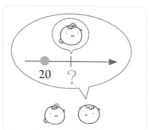

你滿…歲了
嗎？

Are you...?

Are you twenty years old <u>yet</u>?
　　　　　　已經，用於疑問句

你滿 20 歲了嗎？

主動表達‧回應話題不詞窮：

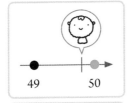

快要…歲

almost

I am **almost** fifty years old.
我快 50 歲了。

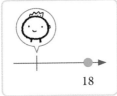

未滿…歲

not yet

I am **not yet** eighteen years old.
我未滿 18 歲。

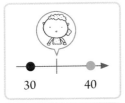

…多歲

…something years old

I am thirty-**something years old**.
我 30 多歲。

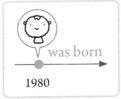

生於…年

was born in

I **was born in** 1980.
我生於 1980 年。

年紀小…
歲

…younger than

I am three years **younger than** my elder brother.
我比我哥哥小 3 歲。

"娛樂" 透露你的年齡！

你聽誰的歌長大的？
Whose songs did you listen to while growing up?

我們是看相同的卡通長大的。
We grew up watching the same cartoons.

單字　something …多、…幾／elder 較年長的／listen to 聽／grow up 成長／cartoon 卡通影片

03 家鄉

Q 主動提問・延續話題不冷場：

距離上次…到現在已經多久？

How long has...?

How long has it been <u>since you last</u>
自從你上次…
returned to your hometown?

你多久沒回家鄉了？

以什麼聞名？

What is...?

What is your hometown <u>famous for</u>?
以…聞名

你的家鄉以什麼聞名？

在哪裡？

Where is...?

Where is your hometown?

你的家鄉在哪裡？

你來自哪裡？

Where are...?

Where are you from?

你來自哪裡？

你平常是否會…？

Do you...?

Do you <u>miss</u> your hometown?
想念

平常你會想念家鄉嗎？

主動表達・回應話題不詞窮：

台灣人

Taiwanese

I am **Taiwanese**.
我是台灣人。

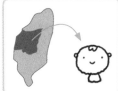

來自…

come from...

I **come from** central Taiwan.
我來自台灣的中部。

回家鄉

返鄉　返鄉　返鄉
4月　　5月　　6月

return to one's hometown

I **return to my hometown** once a month.
我每個月都回家鄉一趟。

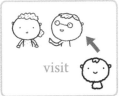

探望父母

visit

visit one's parents

I often go back to my hometown to **visit my parents**.
我常回家鄉探望父母。

離鄉背井

away from

live away from one's hometown

I have been **living away from my hometown** ever since I was young.
我從小就離鄉背井。

對家鄉的情感

我的童年在家鄉度過。
I spent my childhood in my hometown.

家鄉永遠是我最眷戀的地方。
I will always be most attached to my hometown.

單字　central 中部的／childhood 童年／attached 眷戀的、有歸屬感的

04 家

Q 主動提問・延續話題不冷場：

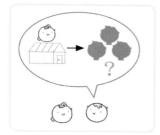

How many...are there...?

How many people **are there** in your <u>family</u>?
家庭

你家有幾個人？

有幾個家人？

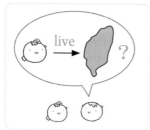

Where do...?

Where do you <u>live</u>?
居住

你住哪裡？

你住哪裡？

Do you have...?

Do you have any <u>brothers or sisters</u>?
兄弟姊妹

你有兄弟姊妹嗎？

有兄弟姊妹嗎？

Do you...?

Do you <u>live with</u> your family?
和…同住

你和家人同住嗎？

你目前是否…？

Do you...?

Do you <u>rent</u> a house?
租借

你租房子嗎？

你目前是否…？

主動表達・回應話題不詞窮：

有…個人

there are...people

There are four **people** in my family.
我家有 4 個人。

排行老大

the oldest child

I am **the oldest child** in my family.
我排行老大。

一個人租
屋住

rent a house and live alone

I **rent a house and live alone**.
我一個人租房子住。

住在…
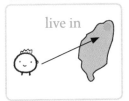

live in...

I **live in** Taipei City.
我住在台北市。

感情很好

be close

My family **is close**.
我們家人感情很好。

不同的家庭型態

我們家三代同堂。
My family has three generations living together.
我是單親家庭的孩子。
I grew up in a single-parent family.

單字 alone 獨自的／close 親密的／generation 世代／single-parent 單親的

05 個性

Q 主動提問‧延續話題不冷場：

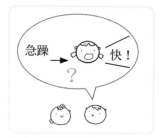

你是個…的人嗎？

Are you…?

Are you an <u>impatient</u> person?
　　　　　　　沒有耐性的

你是急性子嗎？

你平常是否會…？

Do you…?

Do you get <u>nervous</u> easily?
　　　　　　緊張的

你平常容易緊張嗎？

你認為自己…嗎？

Do you think…?

Do you think that you are <u>stubborn</u>?
　　　　　　　　　　　　　固執的

你覺得自己固執嗎？

你擁有某種特質嗎？

Do you have…?

Do you have an <u>easygoing</u> <u>personality</u>?
　　　　　　　　隨和的　　　個性

你的個性隨和嗎？

你一直保有某種個性嗎？

Have you been…?

Have you always **been** <u>this</u> <u>optimistic</u>?
　　　　　　　　　　　這麼…　樂觀的

你一直都這麼樂觀嗎？

主動表達・回應話題不詞窮：

好脾氣

沒關係

good temper

I have a **good temper**.
我脾氣很好。

活潑外向

一起玩？

lively and outgoing

I am a **lively and outgoing** person.
我活潑外向。

喜歡交朋友

哈囉～

like to make friends

I **like to make friends**.
我喜歡交朋友。

樂於助人

我幫你

like to help others

I **like to help others**.
我樂於助人。

正義感

當警察

sense of justice

I have a strong **sense of justice**.
我很有正義感。

積極的態度

我勇於接受挑戰。
I have the courage to take on a challenge.

我喜歡嘗試新事物。
I like to try new things.

單字　temper 脾氣／lively 有活力的／outgoing 外向的、樂於與人交談的／justice 公平、正義／
courage 勇氣／take on... 對抗…、和…奮戰／challenge 挑戰

113

Q 主動提問‧延續話題不冷場：

你的…是什麼？

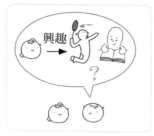

What is...?

What is your <u>hobby</u>?
興趣、嗜好

你的興趣是什麼？

什麼類型的音樂？

What kind of...?

What kind of <u>music</u> do you like?
音樂

你喜歡聽哪一種音樂？

是否喜歡做某事？

Do you like to...?

Do you like to <u>shop</u>?
逛街購物

你喜歡逛街購物嗎？

詢問是否會慣性做某事？

Do you...?

Do you <u>read</u> regularly?
閱讀

你會定期閱讀嗎？

詢問是否會慣性做某事？

Do you...?

Do you have the habit of using <u>chat apps</u>?
手機的聊天通訊軟體

你有使用手機聊天通訊軟體的習慣嗎？

主動表達·回應話題不詞窮：

聽音樂

listen to music

My hobby is **listening to music**.
我的興趣是聽音樂。

看電視

watch TV

I love **watching TV**.
我愛看電視。

出國旅行

travel abroad

I really like to **travel abroad**.
我很喜歡出國旅行。

看電影

go to the movies

I often **go to the movies** with my friends.
我常常跟朋友一起去看電影。

睡前看書

read before bed

I have the habit of **reading before bed**.
我習慣睡前看書。

假日就是要到戶外走走！

我習慣假日去戶外走走。
I usually go out during the holidays.
我常常跟家人去爬山。
I frequently go hiking with my family.

單字　habit 習慣／holiday 假日／go hiking 爬山、健行

115

Q 主動提問・延續話題不冷場：

說多少種語言？

中、英、日、韓、法、西… ?

How many…do you…?

How many <u>languages</u> **do you** speak?
語言

你會說多少種語言？

擅長做什麼？

念書
表演　　體育 ?

What do…?

What do you <u>excel in</u>?
擅長…

你最擅長什麼？

拿手菜是什麼？

義大利麵
炒飯　　煲湯 ?

What is…?

What is your best <u>homemade</u> dish?
自製的、家裡做的

你的拿手菜是什麼？

眾多科目中的哪一科？

英文
國文　　數學 ?
or

Which is…?

Which is your best <u>subject</u>?
科目

你的拿手科目是什麼？

是否是某特質的人？

擅長 ?

Are you…?

Are you good at <u>sports</u>?
運動

你擅長運動嗎？

主動表達・回應話題不詞窮：

英語

English

My **English** is quite good.
我的英語很強。

跳舞

芭蕾
現代舞
爵士舞

dance

I am good at **dancing**.
我很會跳舞。

畫畫

paint

I am good at **painting**.
我對畫畫很拿手。

彈鋼琴

play the piano

I am good at **playing the piano**.
我擅長彈鋼琴。

電腦高手

修好了

computer expert

I am a **computer expert**.
我是電腦高手。

我是箇中高手！

大家都說我唱歌很好聽。
Everyone says that I am a good singer.

我是舞林高手。／我是說話高手。／我是談判高手。
I am an expert dancer.／I am a good speaker.／I am a good negotiator.

單字　be good at … 擅長…／expert 專家、高手／singer 歌手／negotiator 交涉者、協商者

Q 主動提問．延續話題不冷場：

如何形容？

How do...?

How do your friends <u>describe</u> you?
形容

你的朋友怎麼形容你？

你的老師是否
滿意…？

Is your...?

Is your teacher <u>satisfied</u> with your
滿意
<u>performance</u> at school?
成績、表現

老師對你的成績滿意嗎？

你的朋友是否
會…？

Do your...?

Do your friends usually <u>complain</u> to
訴苦、抱怨
you about things?

朋友會經常找你訴苦嗎？

是否有人認
為…？

Does anyone think...?

Does anyone think that you are
<u>moody</u>?
情緒化的

有人認為你情緒化嗎？

你的…是否覺
得…？

Does your...think...?

Does your boyfriend **think** you're
<u>considerate</u>?
體貼的

男朋友覺得你體貼嗎？

主動表達・回應話題不詞窮：

製造歡笑
的人

看我做鬼臉

a funny person

My colleagues think that I am **a funny person**.
同事覺得我是製造歡笑的人。

表現積極

Good!

energetic performance

My boss speaks highly of my **energetic performance**.
老闆稱讚我表現積極。

很細心

申請書

be careful with details

My manager says that I **am** very **careful with details**.
主管說我很細心。

太嚴肅

不好笑！

be too serious

Some people think that I **am too serious**.
有些人覺得我太嚴肅。

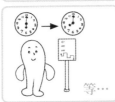

有耐性

等…

patient

Everyone says that I am a **patient** person.
大家說我很有耐性。

父母眼中的乖孩子

我是父母眼中的乖孩子。
According to my parents, I am a well-behaved child.

父母親一定以你為榮。
Your parents must be very proud of you.

單字　colleague 同事／speak highly of… 稱讚…／energetic 積極的／performance 表現／manager
主管／detail 細節／well-behaved 行為端正的／be proud of… 為某人感到驕傲

Q 主動提問・延續話題不冷場：

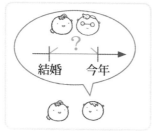

某事已經持續
了幾年？

How many...have you...?

How many years **have you** been
married?
結婚

你結婚幾年了？

什麼時候有意
願要做某事？

When will...?

When will you get married?

你什麼時候要結婚？

詢問過去發生
某事的原因？

Why did...?

Why did you divorce?
離婚

你為什麼離婚？

是否處於某種
狀態？

Are you...?

Are you married?

你結婚了嗎？

不想要做某件
事嗎？

Wouldn't you like to...?

Wouldn't you like to get married?

你不想要結婚嗎？

主動表達・回應話題不詞窮：

結婚

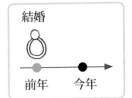
結婚
前年　今年

get married

I **got married** two years ago.
我前年結婚的。

單身

伴侶

be single

I **am single**.
我單身。

訂婚

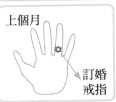
上個月
訂婚
戒指

get engaged

I **got engaged** last month.
我上個月訂婚了。

已經離婚

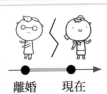
離婚　現在

have been divorced

I **'ve been divorced** for quite a few years.
我已經離婚好幾年了。

家庭主婦

housewife

housewife

I am a **housewife**.
我是個家庭主婦。

單身宣言

我完全不想結婚。／我覺得一個人比較自由。
I really don't want to get married. ／ I think it's freer to be alone.

愛情的墳墓？！

我後悔結婚。／我覺得婚姻是愛情的墳墓。
I regret getting married. ／ I think marriage is the death of love.

單字　engage 使訂婚／quite 相當…、很…／free 自由的／alone 獨自的／regret 後悔／death 死亡

10 身高

Q 主動提問・延續話題不冷場：

身高多高？

How tall…?

How tall are you?
你的身高多少？

具體的差距
為…？

What is…?

What is the <u>difference in height</u>
身高差距
between you and your elder brother?
你跟你哥哥身高相差多少？

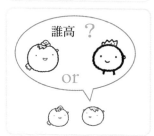

是誰比較高？

Who is…?

Who is the <u>taller</u>, you or him?
比較高的
你和他，是誰比較高？

是否是某種狀
況？

Are you…?

Are you <u>taller than</u> your elder sister?
比某人高
你比你姊姊高嗎？

是否認為…？

Do you think…?

Do you think you are <u>tall enough</u>?
足夠高
你覺得自己夠高嗎？

主動表達・回應話題不詞窮：

我的身
高…

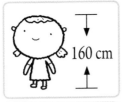

160 cm

my height is...

My height is 160 centimeters.
我的身高 160 公分。

比…高

5cm

be taller than...

I **am** five centimeters **taller than** my younger brother.
我比弟弟高 5 公分。

比…矮

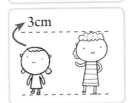

3cm

be shorter than...

I **am** three centimeters **shorter than** my elder sister.
我比姊姊矮 3 公分。

和…一樣
高

as tall as

as tall as...

I am just **as tall as** you.
我跟你一樣高。

中等身高

平均身高

average height

I am of **average height**.
我是中等身高。

矮個子的心聲・高人一等的前途

你不瞭解矮個子的痛苦。／你的身高真令人嫉妒！
You cannot understand the pain of being a short person.
Your height makes people jealous!

你的身高適合打籃球。／你的身高可以去當模特兒。
Your height is perfect for playing basketball. / You could be a model with your height.

單字　centimeter 公分／average 中等的、平均的／understand 瞭解／short person 矮個子／jealous
令人忌妒的／model 模特兒

Q 主動提問．延續話題不冷場：

詢問慣性做某事的方法？

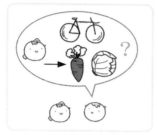

How do...?

How do you <u>keep your figure</u>?
　　　　　　　維持你的身材

你如何維持身材？

當時胖了幾公斤？

How many...did you...?

How many <u>kilograms</u> **did you** gain?
　　　　　公斤

你當時胖了幾公斤？

體重是…？

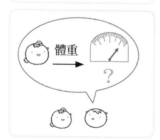

What is...?

What is your weight?

你的體重多少？

詢問想要做某事的原因？

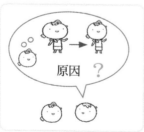

Why do...?

Why do you want to <u>lose weight</u>?
　　　　　　　　　　　減肥

你為什麼想減肥？

是否發生了某事？

Did you...?

Did you <u>get fat</u> again?
　　　　　　變胖

你是不是又變胖了？

主動表達・回應話題不詞窮：

我的體重是…

my weight is...

My weight is 48 kilograms.
我的體重 48 公斤。

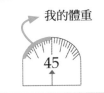

我的體重不到…

my weight is not quite...

My weight is not quite 45 kilos.
我的體重不到 45 公斤。

手臂粗

arms are big

My **arms are big**.
我手臂粗。

苗條

be slim

I **am** very **slim**.
我很苗條。

中等身材

average figure

I have an **average figure**.
我是中等身材。

羨慕別人的好身材～

你的身材真好！
What a great figure you have!

你看起來完全沒有贅肉。
You look like you have no fat on your body.

單字　kilogram 公斤（簡稱 kilo）／not quite 接近、大約、不到／average 中等的、平均的／figure 身材／fat 油脂

125

12 皮膚

Q 主動提問・延續話題不冷場：

詢問某事的原因？（*口語說法）

How come...?

How come you have so many <u>pimples</u>?
痘痘

你為什麼長這麼多痘痘？

詢問某事的原因？（*口語說法）

How come...?

How come you don't <u>tan</u>?
曬黑

你為什麼曬不黑？

是否有某種情緒？

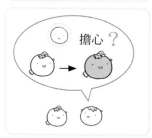

Aren't you...?

Aren't you afraid of <u>getting too tan</u>?
曬太黑

你不會擔心曬得太黑嗎？

是否擁有某種特質？

Do you have...?

Do you have <u>oily</u> skin?
油性的

你是油性皮膚嗎？

是否希望某事發生？

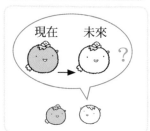

Do you want...?

Do you want your skin to be <u>whiter</u>?
較白皙的

你希望肌膚更白皙嗎？

主動表達・回應話題不詞窮：

白皙的

白皙

fair

I have **fair** skin.
我的皮膚白皙。

古銅色的

I like it.

bronze-colored

I like **bronze-colored** skin.
我喜歡古銅色的皮膚。

曬黑
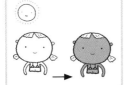

get a tan

I've **got a tan**.
我曬黑了。

變白皙

become fair-skinned

I've **become fair-skinned**.
我變白了。

發出光澤

glow

My skin **glows**.
我的皮膚很有光澤。

"白裡透紅"、"各種膚質" 怎麼說？

你的皮膚白裡透紅。
Your skin looks very healthy with a touch of rose.

我是乾性肌膚。／我是油性肌膚。／我是混合性肌膚。
I have dry skin.／I have oily skin.／I have a combination of skin types.

單字　healthy 健康的／touch 一點、少許／rose 玫瑰紅／combination 混合／skin type 肌膚類型

13 臉蛋

Q 主動提問‧延續話題不冷場：

你的臉是
否…？

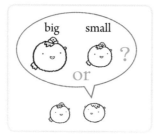

Is your…?

Is your face <u>big</u>?
　　　　　　大的

你的臉很大嗎？

你的臉是否小
於…？

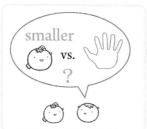

Is your…?

Is your face <u>smaller than</u> your <u>palm</u>?
　　　　　　　小於…　　　　　　手掌

你的臉比你的手掌小嗎？

你的臉是否大
於…？

Is your…?

Is your face <u>bigger than</u> your mother's?
　　　　　　　大於…

你的臉比你媽媽的大嗎？

是否擁有某種
特徵？

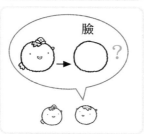

Do you have…?

Do you have a <u>round face</u>?
　　　　　　　　圓臉

你有個圓圓的臉嗎？

是否擁有某種
特徵？

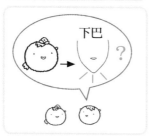

Do you have…?

Do you have a <u>sharp chin</u>?
　　　　　　　　尖下巴

你有個尖尖的下巴嗎？

主動表達 · 回應話題不詞窮：

娃娃臉

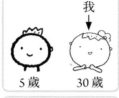

我
↓
5 歲　　30 歲

baby face

I have a **baby face**.
我是娃娃臉。

雙下巴

雙層的

double chin

I have a **double chin**.
我有雙下巴。

肉肉的

肉肉的

chubby

My cheeks are **chubby**.
我的臉頰肉肉的。

長相好看的

好看的

good-looking

I have a **good-looking** face.
我的臉長得很好看。

臉型像某人

臉型相似

我　　爸爸

one's face is shaped like someone

My **face is shaped like** my father's.
我的臉型像爸爸。

難以親近的臉 · 好人緣的臉

他看起來很兇。／他常常面無表情。
He looks very mean. ／ He usually is expressionless.

你長得很甜。／你的笑容很迷人。
You look so sweet. ／ Your smile is very charming.

單字 double 雙層的／chin 下巴／cheek 臉頰／chubby 肉肉的、胖胖的／shaped 有某種形狀的／mean 脾氣暴躁的／expressionless 無表情的／charming 迷人的

Q 主動提問・延續話題不冷場：

你的眼睛是
否…？

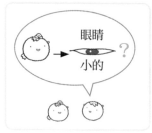

眼睛
小的
？

Are your...?

Are your eyes small?

你的眼睛很小嗎？

你的嘴唇是
否…？

嘴唇
厚的
？

Are your...?

Are your lips thick?
　　　　　嘴唇。因為有上下兩片嘴唇，通常用複數

你的嘴唇很厚嗎？

是否擁有某種
特徵？

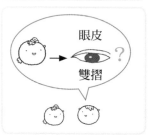

眼皮
雙摺
？

Do you have...?

Do you have double-folded eyelids?
　　　　　　　　雙眼皮

你有雙眼皮嗎？

是否擁有某種
特徵？

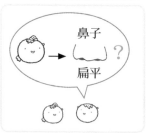

鼻子
扁平
？

Do you have...?

Do you have a flat nose?
　　　　　　　扁平的

你有個扁扁的鼻子嗎？

是否擁有某種
困擾？

困擾
？

Do you have...?

Do you have a problem with
nearsightedness?
　　近視

你有近視的困擾嗎？

主動表達・回應話題不詞窮：

水汪汪的
大眼睛

大的、
明亮的

big, bright eyes

I have **big, bright eyes**.
我有水汪汪的大眼睛。

眉毛濃密

濃密的

eyebrows are thick

My **eyebrows are thick**.
我的眉毛濃密。

眼睫毛長

修長的

eyelashes are long

My **eyelashes are** very **long**.
我的眼睫毛很長。

鼻子挺

高挺的

a high-bridged nose

I have **a high-bridged nose**.
我的鼻子很挺。

單眼皮

單摺的

eyelids are single-folded

My **eyelids are single-folded**.
我是單眼皮。

"五官立體"、"眼睛有神" 怎麼說？

你的五官很立體（你的輪廓很深）。
You have a distinct face.

你的雙眼炯炯有神。／你的眼神很銳利。
Your eyes are bright and piercing. ／ You have sharp eyes.

單字 bright 明亮的／eyebrow 眉毛／eyelash 眼睫毛／high-bridged 鼻樑高挺的／eyelid 眼皮／
distinct 明顯的／piercing 有洞察力的、銳利的／sharp 銳利的

15 頭髮

Q 主動提問‧延續話題不冷場：

你喜歡長或
短？

Do you like…or…?

Do you like <u>long</u> or <u>short</u> hair?
　　　　　　　長的　　　短的

你喜歡長髮還是短髮？

你喜歡直或
捲？

Do you like…or…?

Do you like <u>straight</u> or <u>curly</u> hair?
　　　　　　　直的　　　捲的

你喜歡直髮還是捲髮？

是否會慣性做
某事？

Do you…?

Do you <u>wash your hair</u> every day?
　　　　　洗頭髮

你每天洗頭髮嗎？

你平常是否
會…？

Do you…?

Do you <u>dye your hair</u>?
　　　　　染髮

你平常會染頭髮嗎？

你想要做某事
嗎？

Would you like to…?

Would you like to change your
<u>hairdo</u>?
髮型

你想要改變髮型嗎？

主動表達・回應話題不詞窮：

長髮

long

long hair

I have **long hair**.
我是長髮。

瀏海

bang

bang

I have **bangs**.
我有瀏海。

自然捲

curly

naturally curly

My hair is **naturally curly**.
我的頭髮是自然捲。

燙成直髮

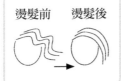

燙髮前　燙髮後

have one's hair straightened

I **had my hair straightened**.
我燙成了直髮。

洗頭

昨天　今天　明天

wash one's hair

I **wash my hair** every day.
我每天洗頭。

"中分"、"旁分"、"馬尾" 怎麼說？

我的髮型中分。／我的髮型旁分。
My hair is parted in the middle. ／ My hair is parted to one side.

我常綁馬尾。
I usually wear my hair in a ponytail.

ponytail

單字　naturally 天生地／straighten 使變直／parted 分開來的／middle 中間的／ponytail 馬尾式辮子

16 妝扮

Q 主動提問・延續話題不冷場：

之前如何做某事？

How did...?

How did you learn to <u>put on cosmetics</u>?
化妝

你之前如何學會化妝的？

做某事時，當時你幾歲？

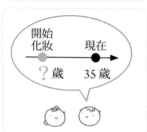

How old were you...?

How old were you when you began to <u>apply cosmetics</u>?
化妝

你幾歲開始化妝的？

是否會慣性做某事？

Do you...?

Do you <u>wear makeup</u> every day?
化妝

你每天都化妝嗎？

你平常是否會…？

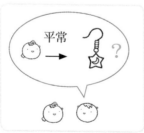

Do you...?

Do you <u>wear earrings</u>?
配戴耳環

你平常會戴耳環嗎？

你是否可以教我？

Can you...?

Can you teach me how to put on makeup?

可以請你教我化妝嗎？

主動表達・回應話題不詞窮：

化妝

put on makeup

I don't know how to **put on makeup**.
我不會化妝。

配戴耳環

wear earrings

I like to **wear earrings**.
我喜歡戴耳環。

配戴項鍊

wear a necklace

I always **wear** this **necklace** which means a lot to me.
我都會戴這條項鍊，它對我意義重大。

配戴飾品

wear jewelry

I never **wear** any **jewelry**.
我從不戴任何飾品。

擦睫毛膏

apply mascara

I **apply mascara** regularly.
我經常擦睫毛膏。

神奇的化妝效果！

哇！睫毛膏讓你的眼睛猛放電。
Wow! The mascara you put on really electrifies your eyes.

大家都說我上妝前後判若兩人。
Everyone says that I become another person when I put on makeup.

單字 | mean 表示…的意思／mascara 睫毛膏／electrify 放電

17 穿著

Q 主動提問・延續話題不冷場：

哪一種風格？

Which style...?

Which style of <u>clothing</u> do you like?
穿著

你喜歡哪一種風格的穿著？

你喜歡穿…
嗎？

Do you like to...?

Do you like to wear <u>jeans</u>?
牛仔褲

你喜歡穿牛仔褲嗎？

你喜歡穿…
或…？

Do you like...or...?

Do you like to wear <u>skirts</u> or <u>pants</u>?
裙子　　　　長褲

你喜歡穿裙子還是褲子？

你平常是否
要…？

Do you...?

Do you wear a <u>uniform</u> to work?
制服

你平常上班要穿制服嗎？

你想要做某事
嗎？

Would you like to...?

Would you like to try <u>high heels</u>?
高跟鞋

你想要嘗試穿高跟鞋嗎？

主動表達・回應話題不詞窮：

T恤及牛
仔褲

T-shirts and jeans

I love **T-shirts and jeans** the most.
我最愛 T 恤及牛仔褲。

西裝

suit

I wear a **suit** to work.
我穿西裝上班。

穿著休閒

dress casually

I **dress casually** on weekends.
周末時我穿著休閒。

小禮服

semi-formal dress

I wear a **semi-formal dress** when I attend a banquet.
我出席宴會時會穿小禮服。

合身的

form-fitting

I like **form-fitting** clothes.
我喜歡合身的衣服。

天生的衣架子・女人永遠少一件

你真是天生的衣架子。
You really are born to wear anything.

你的置裝費一定很可觀。
Your clothing budget must be considerable.

女人的衣服永遠少一件。
Women's wardrobes are always short one item.

單字　suit 西裝、套裝／casually 隨興地／semi-formal 半正式的／attend 出席、參加／banquet 宴會／born 天生的／wardrobe 衣櫃／short 短缺的／item 項目／clothing budget 置裝費／considerable 數量大的

18 工作

Q 主動提問·延續話題不冷場:

從事什麼工作?

What do…?

What do you do <u>for a living</u>?
　　　　　　　為了謀生

你目前從事什麼工作?

職稱是什麼?

What is…?

What is your <u>job title</u>?
　　　　　　職務

你的職稱是什麼?

營業項目是什麼?

What is…?

What is your company's <u>main business</u>?
　　　　　　　　　　　主要的 交易、經營

你們公司的主要營業項目是什麼?

在哪一間公司?

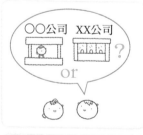

Which company…?

Which company do you <u>work</u> for?
　　　　　　　　　　工作

你在哪一間公司上班?

哪一個部門?

Which department…?

Which department do you <u>belong to</u>?
　　　　　　　　　　　屬於

你屬於哪一個部門?

138

A 主動表達・回應話題不詞窮：

在家工作

work at home

I **work at home**.
我在家工作。

朝九晚五
的上班族

9-to-5 workforce

I am part of the **9-to-5 workforce**.
我是朝九晚五的上班族。

公務員

public servant

I am a **public servant**.
我是公務員。

創業

start one's own business

I've **started my own business** and am my own boss.
我自己創業當老闆。

做過很多
不同工作

try one's hand at various professions

I have **tried my hand at various professions**.
我曾經做過很多不同的工作。

你的工作令人羨慕！

你的工作是目前最熱門的。
Your job is currently the most popular one.

很多人擠破頭想進你們公司。
A lot of people would do anything to work for your company.

單字　workforce 工作人員、勞動力／public 公家的／servant 服務員／try one's hand at... 嘗試做…／various 各種的／profession 職業／currently 目前

139

19 工作內容

Q 主動提問・延續話題不冷場：

工作內容是什麼？

What are...?

What are your <u>job</u> <u>responsibilities</u>?
　　　　　　　工作　　職責

你的工作內容是什麼？

你的工作是否有某特質？

Is your...?

Is your job <u>interesting</u>?
　　　　　　　有趣的

你的工作有趣嗎？

你目前是否做…？

Do you...?

Do you work with a <u>team</u>?
　　　　　　　　團隊、整組人

你是和一組人一起工作嗎？

你平常是否要…？

Do you...?

Do you need to <u>visit</u> <u>clients</u> <u>frequently</u>?
　　　　　　　拜訪　　客戶　　經常地

你平常需要經常拜訪客戶嗎？

你的工作是否要…？

Does your...?

Does your job <u>require</u> the <u>use</u> of
　　　　　　　需要　　　　使用
computers?

你的工作必須用電腦嗎？

主動表達‧回應話題不詞窮：

繁複的

complicated

My work is very complicated.
我的工作很繁複。

品質管理

quality control

I manage quality control.
我負責品質管理。

出差

go on a business trip

I have to go on business trips regularly.
我需要經常出差。

介紹新產品

introduce new products

I have to introduce our clients to our new products.
我必須向客戶介紹新產品。

行銷和企畫

marketing and planning

I am in charge of marketing and planning.
我負責行銷和企畫。

基層工作‧一成不變

我在公司從基層做起。
I started out at the bottom of the company.

我的工作內容一成不變。
The nature of my job is unchanging.

單字　manage 管理、掌控／client 客戶／be in charge of… 負責…／marketing 行銷／planning 規劃、企畫／bottom 基層／nature 本質、性質／unchanging 不變的

Q 主動提問 · 延續話題不冷場：

某事已經持續
多久？

到職 ➞ 現在
多久？

How long have you...?

How long have you been <u>working</u>?
工作

你已經工作多久了？

具體的上班時
間為…？

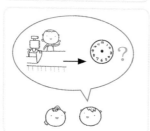

What is...?

What is your work <u>schedule</u>?
時程

你的上班時間是幾點到幾點？

是否處於某種
狀態？

前天　今天

Are you...?

Are you often <u>late</u> for work?
遲到的

你上班經常遲到嗎？

是否要做某
事？

加班
今晚 ➞ ？

Do you...?

Do you need to <u>work overtime</u>
tonight?
加班

你今晚需要加班嗎？

平常是否
要…？

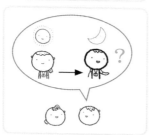

Do you...?

Do you have to <u>work different shifts</u>?
輪班

你需要輪班嗎？

主動表達・回應話題不詞窮：

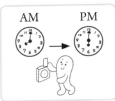

幾點上、下班

arrive to work at…and leave at..

I **arrive to work at** eight AM **and leave at** six PM.
我每天八點上班，六點下班。

一天工作…小時

work…hours a day

I **work** eight **hours a day**.
我一天工作八個小時。

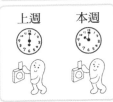

工作時間不固定

work schedule is not fixed

My **work schedule is not fixed**.
我的工作時間不固定。

週休二日

two-day weekend

Our company has a **two-day weekend**.
我們公司是週休二日。

已經工作…年

have been working for…years

I **have been working** with this company **for** five **years**.
我在這間公司已經工作五年了。

午休時間

我們公司午休一個小時。
Our company's lunch break is one hour long.

公司午休時間是十二點到下午一點。
The company's lunch break is from 12:00 PM to 1:00 PM.

單字 schedule 時程／lunch break 午休

143

Q 主動提問・延續話題不冷場：

從過去到現在學到了什麼？

What have you…?

What have you <u>learned</u> from your job?
學習

你從工作中學到了什麼？

是否對工作感到…？

Are you…?

Are you <u>proud</u> of your job?
感到榮耀的

你以你的工作為榮嗎？

你喜歡…嗎？

Do you like…?

Do you like your job?

你喜歡你的工作嗎？

你認為工作…嗎？

Do you think…?

Do you think this job <u>is suitable for</u> you?
適合…的

你認為這份工作適合你嗎？

你的工作是否…？

Does your…?

Does your job <u>allow</u> you to use what you have learned?
允許

你的工作讓你學以致用嗎？

主動表達・回應話題不詞窮：

充滿挑戰		**be full of challenges** I think my job **is full of challenges**. 我覺得我的工作充滿挑戰。
成就感		**a sense of achievement** I derive **a** great **sense of achievement** from my job. 工作中我獲得很多成就感。
帶給我壓力		**put me under pressure** Work **puts me under** a lot of **pressure**. 工作帶給我很大的壓力。
我不適合		**I am not suitable** I think **I am not suitable** for this job. 我覺得自己不適合這份工作。
工作狂	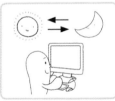	**workaholic** I am a **workaholic**. 我是個工作狂。

"一展長才"、"游刃有餘" 怎麼說？

我的工作可以讓我一展長才。
My job enables me to show my abilities.

我做這份工作游刃有餘。
I am more than good enough to do this job.

單字 challenges 挑戰／derive 得到／sense 感覺／achievement 成就／pressure 壓力／suitable 適合的／enable 使⋯可以／ability 能力

22 工作態度

Q 主動提問・延續話題不冷場：

你希望學到什麼？

What do...?

What do you hope to <u>learn from</u> your job?
從…學習

你希望從工作中學到什麼？

你經常…嗎？

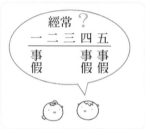

Do you often...?

Do you often <u>ask for leave</u>?
請假

你經常請假嗎？

你平常會…嗎？

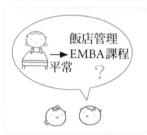

Do you...?

Do you <u>work hard to</u> gain <u>professional</u>
努力於…　　　　　　專業的
knowledge?

你平常會努力增進專業知識嗎？

你目前是否…？

Do you...?

Do you <u>find pleasure in</u> your work?
樂於…、享受…

你目前樂在工作嗎？

你目前是否…？

Do you...?

Do you <u>take your job seriously</u>?
認真看待工作

你目前認真工作嗎？

Ⓐ 主動表達・回應話題不詞窮：

全心投入	

devote oneself to...

I **devote myself to** work.
我全心投入工作。

不做私事	

not engage in one's personal affairs

I do**n't engage in my personal affairs** while working.
上班時間我不做私事。

謹慎工作	

work very carefully

I **work very carefully** in order to avoid making mistakes.
我謹慎工作以避免出錯。

在時間內完成	

finish in time

I will **finish** my work **in time**.
我會在時間內完成工作。

提升效率	

improve efficiency

I always strive to **improve** my work **efficiency**.
我努力提昇工作效率。

"保持最佳狀態" 怎麼說？

我希望從工作中學習與成長。
I hope to learn and grow from my work.

我希望自己永遠保持最佳狀態。
I hope I can always keep myself in excellent shape.

單字　devote 致力、投入／engage in… 從事…／affair 事情／avoid 避免／strive 努力／efficiency 效率／excellent 出色的／shape 狀態

23 工作異動

主動提問・延續話題不冷場：

新工作是什麼？

What is...?

What is your <u>new job</u>?
新工作

你的新工作是什麼？

什麼時候有意願要做某事？

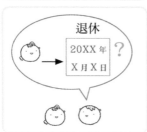

When will...?

When will you <u>retire</u>?
退休

你什麼時候要退休？

詢問之前某事的原因？

Why did...?

Why did you <u>leave</u> your job?
離開

你之前為什麼離職？

詢問之前某事的原因？

Why did...?

Why did you <u>get fired</u>?
被解雇

你之前為什麼被解雇？

你目前已經…了嗎？

Have you...?

Have you <u>made it through</u> the <u>trial</u>
通過　　　　　　試用期
<u>period</u>?

你目前已經通過試用期了嗎？

主動表達・回應話題不詞窮：

失業	 lose job	**lose one's job** I **lost my job**. 我失業了。

get a raise

50,000
↑
30,000

加薪

I **got a raise**.
我被加薪了。

be promoted

 主任 助理

升職

I have **been promoted**.
我被升職了。

be demoted

 部長 科長

降職

I have **been demoted**.
我被降職了。

be assigned to … department

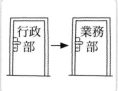 行政部 業務部

被調動部門

I have **been assigned to** another **department**.
我被調動到其他部門。

裁員・調派

我被裁員了。／我們公司大幅精簡了人事。
I got laid off. ／ Our company cut down on personnel.

我將被調派到總公司。／我將被派往海外。
I will be transferred to headquarters. ／ I will be assigned abroad.

單字　laid off 裁員／cut down 減少／personnel 人員／transfer 調派／headquarter 總部／abroad 海外

24 想從事的工作

Q 主動提問・延續話題不冷場：

希望從事哪一
種行業？

What kind of...do you...?

What kind of <u>career</u> **do you** hope to
　　　　　　職業、行業
have?

你希望從事哪一個行業？

是否要繼
承…？

Do you...?

Do you have to <u>inherit</u> your <u>family</u>
　　　　　　　　繼承　　　　　家族事業
<u>business</u>?

你必須繼承家族事業嗎？

是否想要做某
事？

Do you want to...?

Do you want to <u>work from home</u>?
　　　　　　　　　　在家工作

你想要當 SOHO 族嗎？

過去到現在，
是否曾經夢想
過…？

Have you ever ...?

Have you ever dreamt of being a
superstar?

你曾經夢想過成為大明星嗎？

你是否可以接
受…？

Can you...?

Can you accept a job with <u>shifts</u>?
　　　　　　　　　　　　　　　輪班

你可以接受輪班的工作嗎？

A 主動表達・回應話題不詞窮：

規律上下班

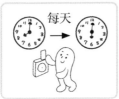

work the same hours

I want to **work the same hours** every day.
我想要每天規律上下班。

在國外工作

work abroad

I want to **work abroad**.
我想要在國外工作。

服務業

service industry

I want to work in the **service industry**.
我想從事服務業。

自己創業

start one's own business

I hope to **start my own business**.
我希望自己創業。

到外商公司上班

work in a foreign trading company

I have always hoped to **work in a foreign trading company**.
我一直希望到外商公司上班。

我的明星夢

我想做自己有興趣的工作。
I want a job that I am interested in.

進入演藝圈一直是我的夢想。
To get into show business has always been a dream of mine.

單字 industry 產業／trading 交易、貿易／be interested in… 對…有興趣／show business 演藝圈

Q 主動提問・延續話題不冷場：

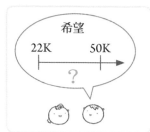

希望多少薪水？

How much do you…?

How much do you hope your salary will be?
薪水，通常指月薪

你希望薪水會是多少？

希望多少年終獎金？

How much…do you…?

How much of an annual bonus **do you** hope to receive?
年終獎金

你希望拿到多少年終獎金？

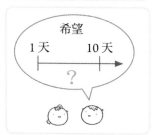

希望幾天年假？

How many…do you…?

How many annual vacation days **do you** wish you had?
年假

你希望有幾天年假？

希望什麼樣的福利？

What kinds of…do you…?

What kinds of benefits **do you** wish your firm provided?
福利　　　　　　　　提供

你希望公司提供什麼樣的福利？

你希望…嗎？

Do you wish…?

Do you wish your company had a more complete system for promotion?
完整的　　制度　　　　升遷

你希望公司有更完善的升遷制度嗎？

主動表達・回應話題不詞窮：

…人以上
的大公司

a large company with more than...

I wish I could work in **a large company with more than** 100 employees.
我希望到員工 100 人以上的大公司。

交通便利

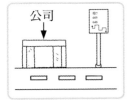

be conveniently located

I wish my firm **was conveniently located**.
我希望公司交通便利。

準時下班

leave work on time

I wish I could **leave work on time**.
我希望可以準時下班。

員工旅遊

employee trip

I wish my firm had **employee trips**.
我希望公司有員工旅遊。

年終獎金

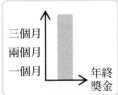

year-end bonus

I hope to get a substantial **year-end bonus**.
我希望有豐厚的年終獎金。

錢多、事少、離家近！

我希望錢多事少。
I wish I had less work and more income.

我希望公司離家近。
I wish my firm was close to my home.

單字　employee 員工／firm 公司／be located 位置／substantial 數量多的／bonus 紅利、津貼／
income 收入／be close to… 靠近某地

26 希望外表

Q 主動提問・延續話題不冷場：

最不滿意什麼？

What is...?

What is the <u>facial feature</u> that you are
五官
most <u>dissatisfied</u> with?
不滿意的

你最不滿意的五官是什麼？

是否對外表感到…？

Are you...?

Are you <u>satisfied</u> with your
滿意的
<u>appearance</u>?
長相、外貌

你滿意自己的長相嗎？

希望看起來…嗎？

Do you wish...?

Do you wish you looked <u>younger</u>?
更年輕的

你希望自己看起來更年輕嗎？

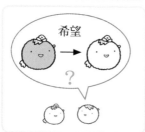

希望皮膚…嗎？

Do you wish...?

Do you wish you had <u>whiter</u> skin?
較白皙的

你希望皮膚更白嗎？

你是否打算…？

Do you...?

Do you plan to have <u>plastic surgery</u>?
整型手術

你打算進行整型手術嗎？

主動表達‧回應話題不詞窮：

看起來更
年輕

look younger

I wish I could look younger.
我希望看起來更年輕。

變漂亮

become more beautiful

I wish I could become more beautiful.
我希望變漂亮。

皮膚完美
無瑕

flawless skin

I wish I had flawless skin.
我希望皮膚完美無瑕。

長長的眼
睫毛

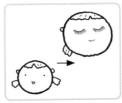

long eyelashes

I want to have long eyelashes.
我想要長長的眼睫毛。

看起來更
有自信

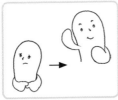

look more self-confident

I wish I looked more self-confident.
我希望看起來更有自信。

希望別人注意到我

我希望自己是宴會女王。
I wish I could be the queen of the party.

我希望自己是眾人目光的焦點。
I wish I could be the focus of everyone's attention.

單字 flawless 沒有瑕疵的／eyelash 眼睫毛／confident 自信的／focus 焦點／attention 注意

27 希望身材

Q 主動提問．延續話題不冷場：

希望身高多高？

How tall do you...?

How tall do you wish you were?
你希望自己的身高有多高？

希望體重多重？

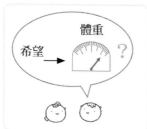

How many...do you...?

How many <u>kilograms</u> **do you** wish
　　　　　　　公斤
you were?
你希望自己的體重多少公斤？

具體的理想目標是什麼？

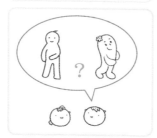

What is...?

What is your <u>ideal figure</u>?
　　　　　　　理想身材
你的理想身材是什麼？

哪一個部位？

Which part...?

Which part of your <u>figure</u> are you
　　　　　　　　　　身材
most <u>dissatisfied</u> with?
　　　不滿意
你最不滿意全身哪一個部位？

是否對身材感到…？

Are you...?

Are you <u>satisfied</u> with your figure?
　　　　滿意
你滿意自己的身材嗎？

A 主動表達・回應話題不詞窮：

保持身材

maintain
現在 ⟶ 未來

maintain one's figure

I hope that I can **maintain my figure** forever.
我希望永遠保持身材。

有小蠻腰

have a small waist

I want to **have a small waist**.
我想要有小蠻腰。

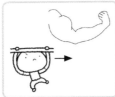

有結實的
手臂

have sturdy arms

I wish I **had sturdy arms**.
我希望手臂結實。

有雙美腿

have a pair of beautiful legs

I wish that I **had a pair of beautiful legs**.
我希望有雙美腿。

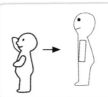

消除小腹

get rid of one's gut

I wish that I could **get rid of my gut**.
我希望消除小腹。

魔鬼身材・毫無贅肉

我希望有豐滿的胸部。／我希望臀部小而翹。
I wish I had a larger bust. ／ I wish I had a small and shapely butt.

我希望身上毫無贅肉。
I wish that I didn't have any excess weight.

單字 maintain 維持／figure 身材／sturdy 結實的／get rid of… 擺脫…、消除…／gut 小腹、肚子／
bust 胸部／shapely 形狀好看的／butt 臀部／excess 過量的

28 生涯規畫

Q 主動提問・延續話題不冷場：

什麼樣的人？

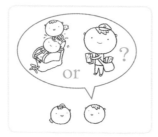

What kind of…?

What kind of person do you hope to
kind of 後面接名詞
kind of become?

你希望成為什麼樣的人？

什麼樣的工
作？

What kind of…?

What kind of career would you like to
職業
have?

你想要從事什麼樣的工作？

什麼能力？

What abilities…?

What abilities do you hope to have?
原形 ability

你希望自己具備什麼能力？

想要做什麼？

What do…?

What do you want to do after you
retire?
退休

你退休後想做什麼？

什麼時候要做
某事？

When do…?

When do you plan to get married?
結婚

你（們）計畫什麼時候結婚？

主動表達・回應話題不詞窮：

創業
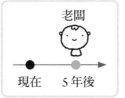
老闆
現在　5 年後

have one's own business

I plan to **have my own business** in five years.
我計畫 5 年後創業。

出國留學

study abroad

I intend to **study abroad**.
我打算出國留學。

有兩個小孩

have

have two children

I intend to **have two children**.
我想要有兩個小孩。

有房子和車子

have

have one's own house and car

I hope to **have my own house and car**.
我希望有自己的房子和車子。

沒有任何計畫

未來 ?

don't have any plans

I **don't have any plans** for my future.
我對未來沒有任何計畫。

不同的人生態度

我對未來有很多計畫。
I have many plans for my future.
我只想走一步算一步。
I just want to take life one step at a time.

單字　business 事業／intend 打算、想要／take life 度過人生／one step at a time 一步一步地

Q 主動提問・延續話題不冷場：

通常如何理財？

How do...?

How do you <u>manage</u> your money?
　　　　　　管理

你通常如何理財？

通常存多少錢？

How much do you...?

How much do you <u>save</u> per month?
　　　　　　　　儲蓄、存

你通常一個月存多少錢？

通常如何運用…？

How do...?

How do you <u>make use of</u> your <u>salary</u>?
　　　　　　　運用　　　　　薪水

你通常如何運用自己的薪水？

你平常是否會…？

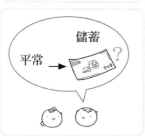

Do you...?

Do you save money regularly?

你平常是否會定期儲蓄？

你目前是否…？

Do you...?

Do you invest in <u>real estate</u>?
　　　　　　　　　房地產

你目前是否投資房地產？

主動表達・回應話題不詞窮：

每個月儲蓄…元

save...every month

I **save** five thousand **every month**.
我每個月儲蓄 5000 元。

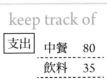

記錄支出

keep track of one's expenses

I **keep track of my expenses** every day.
我每天記錄支出。

買保險

buy insurance

I **bought insurance** for myself.
我為自己買了保險。

投資股票

invest in stocks

I **invest in stocks**.
我投資股票。

買房子

buy a house

I plan to **buy a house** when I am 30.
我打算 30 歲買房子。

樂透發財夢・保守的理財觀

我希望靠樂透一夕致富。
I hope that I can become rich by winning the lottery.

我把錢存在銀行定存。／我不隨便花錢。
I deposit my money in a savings account. ／ I don't spend money carelessly.

單字　keep track of… 紀錄…／expense 支出／insurance 保險／invest 投資／stock 股票／lottery
彩券／deposit 儲蓄／saving account 定存帳戶／carelessly 隨便地

Q 主動提問・延續話題不冷場：

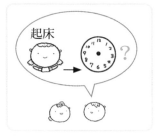

通常幾點做某事？

What time do you...?

What time do you usually <u>wake up</u>?
起床

你通常幾點起床？

你平常是否會…？

Do you...?

Do you <u>lie around in bed</u>?
賴床

你平常會賴床嗎？

你平常是否要…？

Do you...?

Do you need to use an <u>alarm clock</u>?
鬧鐘

你平常需要用鬧鐘嗎？

你是否總是…？

Do you always...?

Do you always <u>get up</u> late?
起床

你是否總是很晚起床？

你的家人平常是否會…？

Does your...?

Does your <u>family</u> wake you up?
家人

家人平常會叫你起床嗎？

主動表達‧回應話題不詞窮：

早起

get up early

I am used to **getting up early**.
我習慣早起。

晚起

get up late

I **get up late** on holidays.
假日時我晚起。

自然醒

wake up naturally

I am used to **waking up naturally**.
我習慣睡到自然醒。

賴床

stay in bed

I like to **stay in bed**.
我喜歡賴床。

…點起床

wake up at … o'clock

I usually **wake up at** eight **o'clock**.
我通常 8 點起床。

誰都叫不醒我！

鬧鐘根本叫不醒我。
An alarm clock can't wake me up at all.

我一睡著誰都叫不醒我。
As long as I'm asleep, nobody can wake me up.

單字　be used to… 習慣…／naturally 自然地

31 睡眠

Q 主動提問．延續話題不冷場：

通常睡幾小時？

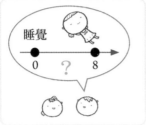

How many…do you…?

How many hours of <u>sleep</u> a night **do you** get?
　　　　　　　　睡眠

你通常一個晚上睡幾小時？

通常幾點做某事？

What time do you…?

What time do you usually <u>go to sleep</u>?
　　　　　　　　　　　　去睡覺

你通常幾點睡覺？

你平常是否…？

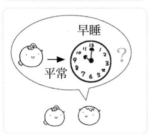

Do you…?

Do you <u>go to bed</u> early?
　　　　上床睡覺

你平常都很早睡覺嗎？

你平常是否…？

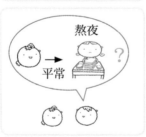

Do you…?

Do you usually <u>stay up late</u>?
　　　　　　　　熬夜

你平常經常熬夜嗎？

你是否經常…？

Do you often…?

Do you often <u>have dreams</u>?
　　　　　　　作夢

你經常會作夢嗎？

主動表達・回應話題不詞窮：

…點就寢

go to bed at…

I **go to bed at** ten pm every night.
我每天晚上 10 點就寢。

熬夜

stay up late

I often **stay up late**.
我經常熬夜。

失眠

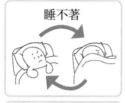

get insomnia

I frequently **get insomnia**.
我經常失眠。

作夢

dream

I usually **dream** while sleeping.
我睡覺常作夢。

午睡

take naps

I have a habit of **taking naps**.
我有午睡的習慣。

裸睡・踢被子・一覺到天亮

我習慣裸睡。／我睡覺會踢被子。
I am used to sleeping naked. ／ I kick the quilt off while sleeping.

我都是一覺到天亮。
I always sleep right through until dawn.

單字 stay up late 熬夜／frequently 經常地／insomnia 失眠／be used to… 習慣…／naked 裸體的／quilt 被子／dawn 黎明

Q 主動提問・延續話題不冷場：

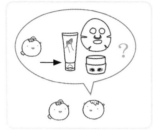

通常如何保養？

How do...?

How do you <u>take care</u> of your skin?
保養、照顧

你通常如何保養皮膚？

通常如何卸妝？

How do...?

How do you <u>remove</u> the <u>cosmetics</u>
卸除　　　　化妝品
you <u>put on</u>?
塗、擦

你通常如何卸妝？

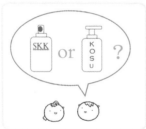

多種選擇中的哪一個？

Which brand...?

Which brand of skin care products
<u>are you using</u> right now?
用現在進行式強調「現階段」正在使用…

你現在用哪一個品牌的保養品？

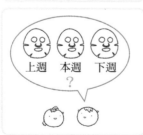

是否會慣性做某件事？

Do you...?

Do you <u>lather</u> your face regularly?
敷、覆蓋

你會經常敷臉嗎？

過去到現在，是否曾經用過…？

Have you ever...?

Have you ever used <u>weight-loss</u>
減重的
cream?

你曾經用過瘦身霜嗎？

主動表達・回應話題不詞窮：

肌膚保養

skin care

I pay a lot of attention to **skin care**.
我很重視肌膚保養。

敷面膜

apply a facial mask

I **apply a facial mask** once a week.
我每週用面膜敷臉一次。

卸妝
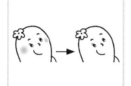

remove one's makeup

I completely **remove my makeup** every day.
我每天徹底卸妝。

防曬乳

sunblock

In the summertime, I am sure to put on **sunblock** when I go out.
夏天出門我一定擦防曬乳。

保濕

moisturize

In the winter, I work on **moisturizing** my skin.
冬天我會加強肌膚保濕。

美容小秘訣

選擇適合自己的保養品最重要。
The most important thing is to choose the most suitable skin care products.
眼睛周圍的皮膚要輕柔對待。
You should treat the skin around your eyes gently.

單字　pay attention to... 注重…／completely 徹底地／suitable 合適的／treat 對待／gently 溫柔地

Q 主動提問・延續話題不冷場：

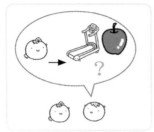

通常如何保持？

How do…?

How do you <u>keep yourself in good</u>
保持身體健康
<u>health</u>?
你通常如何保持身體健康？

你覺得自己…嗎？

Do you think…?

Do you think you're <u>healthy</u>?
健康的

你覺得自己健康嗎？

你是否經常…？

Do you often…?

Do you often <u>get sick</u>?
生病

你平常經常生病嗎？

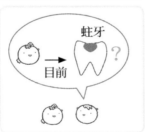

你目前是否有某種疾病？

Do you have…?

Do you have any <u>cavities</u>?
蛀牙

你目前有蛀牙嗎？

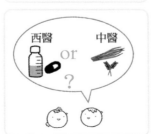

你通常採用…或…？

Do you…or…?

Do you go to see a <u>Western doctor</u> or
西醫
a <u>traditional Chinese doctor</u>?
中醫
你通常會看西醫還是中醫？

主動表達・回應話題不詞窮：

很健康

be healthy

I have always **been** very **healthy**.
我一直都很健康。

體弱多病

be weak and sickly

I have **been weak and sickly** since childhood.
我從小就體弱多病。

感冒

catch a cold

I **catch colds** easily.
我很容易感冒。

頭痛

get a headache

I often **get headaches**.
我常頭痛。

腸胃不好

have a bad digestive system

I **have a bad digestive system**.
我腸胃不好。

養生成為一種趨勢

我很重視養生。
I pay a lot of attention to my health.

我每天吃維他命補充營養。
I take vitamins every day to supplement my diet.

單字　childhood 小時候／cold 感冒／headache 頭痛／digestive system 消化系統／pay attention
to… 重視…／vitamin 維他命／supplement 補充／diet 飲食

34 運動

Q 主動提問・延續話題不冷場：

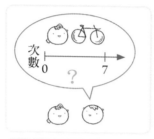

通常運動幾次？

How many...do you...?

How many <u>times</u> a week **do you**
次數
<u>exercise</u>?
運動

你通常每週運動幾次？

通常做什麼運動？

What do...?

What do you usually do for exercise?

你平常經常做什麼運動？

你是否是某特質的人？

Are you...?

Are you <u>athletic</u>?
運動的、體育的

你的運動神經好嗎？

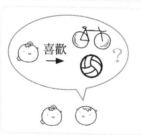

你是否喜歡做某事？

Do you like to...?

Do you like to exercise?

你喜歡運動嗎？

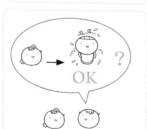

你是否有能力做…？

Can you...?

Can you <u>swim</u>?
游泳

你會游泳嗎？

主動表達・回應話題不詞窮：

喜歡運動

like to exercise

I **like to exercise**.
我喜歡運動。

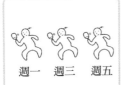

一週三次

週一　週三　週五

three times a week

I exercise **three times a week**.
我一週運動三次。

慢跑

jog

I **jog** every day.
我天天慢跑。

gym

健身房

gym

I work out at the **gym** regularly.
我定期上健身房鍛鍊身體。

球類運動

sport with a ball

I like to play every **sport with a ball**.
我喜歡各種球類運動。

"走樓梯" 也是運動・運動小叮嚀

你可以把走樓梯當成運動。	You can climb stairs for exercise.
你應該穿雙好鞋運動。	You should wear a pair of good sneakers for exercise.
運動完你應該立即補充水分。	You should rehydrate immediately after exercise.

單字 work out 鍛鍊身體、健身／regularly 定期地／sneakers 運動鞋／rehydrate 補充水分／
immediately 立刻

Q 主動提問・延續話題不冷場：

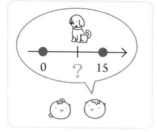

幾歲？

How old...?

How old is it?

牠幾歲？

名字是什麼？

What is...?

What is your pet's <u>name</u>?
　　　　　　　　　　名字

你的寵物的名字是什麼？

飼養哪一種？

What kind of...do you...?

What kind of <u>pets</u> do you <u>have</u>?
　　　　　　　　寵物　　　　　飼養

你飼養哪一種寵物？

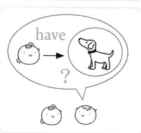

目前是否有…？

Do you have...?

Do you have a pet?

你目前有養寵物嗎？

你通常每天做…嗎？

Do you...?

Do you <u>walk your dog</u> every day?
　　　　　　遛狗

你通常每天都遛狗嗎？

主動表達・回應話題不詞窮：

喜歡寵物		**like pets** I **like pets**. 我喜歡寵物。
我飼養…		**I have…** I **have** a dog. 我養狗。
領養		**adopt** I **adopted** it. 牠是我領養的。
已飼養…年	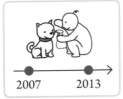	**have had it for…years** I **have had it for** seven **years**. 我已飼養牠 7 年了。
帶狗狗散步		**take one's dog for a walk** I **take my dog for a walk** every day. 我每天帶狗狗去散步。

和寵物的互動關係

我很喜歡跟我的寵物玩。／牠是我們全家的寶貝。
I like to play with my pet. ／ It is our family's baby.

我餵牠吃飼料。／我的狗狗一星期洗一次澡。
I feed it pet food. ／ I bathe my dog once a week.

單字 walk 散步／play with 和…玩／feed 餵食／feed 餵養／pet food 寵物食物／bathe 洗澡

36 交通工具

Q 主動提問‧延續話題不冷場：

通常如何上班？

How do...?

How do you <u>get to work</u>?
　　　　　　上班

你通常如何去上班？

是否有某種情緒反應？

害怕 ?

Are you...?

Are you afraid of <u>flying</u>?
　　　　　　　飛行，引申為 "搭飛機"

你害怕搭飛機嗎？

目前是否擁有…？

have ?

Do you have...?

Do you have a car?

你目前有車子嗎？

目前是否擁有…執照？

have 駕駛執照 ?

Do you have...?

Do you have a <u>driver's license</u>?
　　　　　　　　駕駛執照

你目前有駕駛執照嗎？

你平常是否…？

上週　本週　下週 ?

Do you...?

Do you usually <u>take the bus</u>?
　　　　　　　搭乘公車

你平常經常搭公車嗎？

主動表達・回應話題不詞窮：

騎機車

ride motorcycle

I **ride a motorcycle** to school.
我騎機車上學。

搭捷運

take the MRT

I **take the MRT** with the EASYCARD.
我用悠遊卡搭捷運。

轉乘公車

transfer to a bus

I **transfer to a bus** after taking the MRT.
搭捷運後我轉乘公車。

開車

drive

I **drive** to work.
我開車上班。

搭計程車

take a taxi

Sometimes I **take a taxi** to work.
我偶爾搭計程車上班。

養車很花錢！

我定期保養愛車。
I have my car serviced regularly.
我的油錢很可觀。
My fuel expenses are quite considerable.

單字　transfer 轉乘／service 保養、維修／fuel 燃料／expense 費用／considerable 數量大的

Q 主動提問・延續話題不冷場：

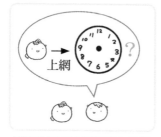

通常花費多少
時間做某事？

How much time do you…?

How much time do you <u>spend</u>
　　　　　　　　　　　花費（時間或金錢）
online every day?

你通常每天花多少時間在網路上？

帳號是什麼？

What is…?

What is your <u>email account</u>?
　　　　　　　電子郵件信箱帳號

你的電子郵件信箱帳號是什麼？

過去到現在，
是否曾經使用
過…？

Have you ever…?

Have you ever used a <u>webcam</u> before?
　　　　　　　　　　　網路攝影機

你曾經玩過視訊嗎？

過去到現在，
是否曾經購買
過…？

Have you ever…?

Have you ever <u>bought</u> anything
　　　　　　　　購買
online?

你曾經在網路上購買過任何東西嗎？

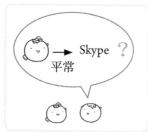

你平常是否
會…？

Do you…?

Do you use <u>Skype</u>?
　　　　　　一種即時通訊軟體，支援語音通訊

你平常會使用 Skype 嗎？

主動表達‧回應話題不詞窮：

和朋友聊天		**talk with one's friends** I usually go on the Internet to **talk with my friends**. 我常上網跟朋友聊天。
線上遊戲		**online game** I am obsessed with **online games**. 我沉迷於線上遊戲。
玩視訊	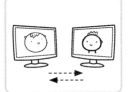	**use a webcam** Sometimes I **use a webcam** with my friends. 我有時候會跟朋友玩視訊。
下載		**download** I **download** material from the Internet. 我從網路下載東西。
網路購物		**shop online** Sometimes I **shop online**. 我有時候會在網路購物。

網路成癮

我常泡網咖。／我幾乎每天上網。
I hang out at Internet cafes a lot. ／ I go online almost every day.

我經常因為上網而熬夜。
I always stay up late because of the Internet.

單字　be obsessed with… 沉迷於…／webcam 網路攝影機／material 資料／hang out 打發時間／
Internet cafe 網咖／go online 上網／stay up late 熬夜

Q 主動提問・延續話題不冷場：

Is there...?

Is there a convenience store <u>around</u>
在…附近
your home?
你家附近有便利商店嗎？

是否存在有某物？

Do you...?

Do you go to the <u>convenience store</u>
便利商店
frequently?
你平常會經常去便利商店嗎？

你平常是否會…？

Do you like...?

Do you like the <u>food</u> in the
食物
convenience store?
你喜歡便利商店的食物嗎？

你喜歡…嗎？

Do you...?

Do you <u>make copies</u> in the
影印
convenience store?
你平常會到便利商店影印嗎？

你平常是否會…？

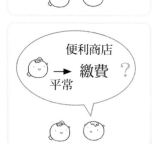

Do you...?

Do you <u>pay your bills</u> at the
繳清帳單
convenience store?
你平常會在便利商店繳費嗎？

你平常是否會…？

主動表達・回應話題不詞窮：

買東西

go shopping

I often **go shopping** at the convenience store.
我常到便利商店買東西。

提款

use the ATM

I usually **use the ATM** in the convenience store.
我常利用便利商店的提款機。

傳真

send a fax

Sometimes I go to the convenience store to **send a fax**.
我有時候會到便利商店傳真。

宅配

home delivery service

I usually use the convenience store's **home delivery service**.
我常使用便利商店的宅配。

繳費

pay one's bill

I **pay my bills** at the convenience store.
我在便利商店繳費。

便利商店，讓生活無限便利！

在台灣，便利商店隨處可見。
Convenience stores are everywhere in Taiwan.

很多便利商店全年無休。
Many convenience stores are open all year round.

單字　delivery 寄送／bill 帳單／open 營業／all year round 全年、一整年

39 早餐

Q 主動提問・延續話題不冷場：

過去的某時點
吃了什麼？

What did...?

What did you have for breakfast?
早餐

早餐你吃了什麼？

通常幾點做某
事？

What time do you...?

What time do you usually have breakfast?

你通常幾點吃早餐？

為什麼不想做
某事？

Why don't...?

Why don't you want to have breakfast?

你為什麼不想吃早餐？

你平常是否
會…？

Do you...?

Do you have breakfast every day?
每天

你平常每天都會吃早餐嗎？

你平常是否
會…？

Do you...?

Do you make breakfast yourself?
做早餐

你平常會自己做早餐嗎？

主動表達・回應話題不詞窮：

每天吃早餐

每天

have breakfast every day

I **have breakfast every day**.
我每天吃早餐。

在家吃…

have … at home

I **have** my breakfast **at home**.
我在家裡吃早餐。

中式早餐

粥　豆漿

Chinese-style breakfast

I like **Chinese-style breakfasts**.
我喜歡中式早餐。

三明治

sandwiches

I have **sandwiches** for breakfast.
我吃三明治當早餐。

烤吐司加蛋

with

toast with egg

I have a piece of **toast with egg** every morning.
我每天早上都吃一份烤吐司加蛋。

每天都要吃早餐！

我到便利商店買早餐。
I get my breakfast from the convenience store.

我覺得早餐是一天中最重要的一餐。
I think that breakfast is the most important meal of the day.

單字　a piece of… 一片…／toast 烤土司／convenience store 便利商店／important 重要的／meal 一餐

40 午餐

Q 主動提問・延續話題不冷場：

通常吃什麼？

What do you...?

What do you usually have for <u>lunch</u>?
　　　　　　　　　　　　　　午餐

午餐你通常吃什麼？

是否已經做了
某事？

Have you...?

Have you had lunch <u>yet</u>?
　　　　　　　　已經

你已經吃午餐了嗎？

（＊ 在晚上問別人「已經吃午餐了嗎？」是很奇怪的，所以這句話適用的時間點是「當天的中午時段」。）

Do you want to...?

是否想要做某
事？

Do you want to <u>join</u> us for lunch?
　　　　　　　　加入

你想要加入我們，一起吃午餐嗎？

你平常是否
會…？

Do you...?

Do you bring your own <u>boxed lunch</u>?
　　　　　　　　　　　　便當

你平常會自己帶便當嗎？

你平常是否
會…？

Do you...?

Do you have lunch <u>with</u> your
　　　　　　　　　和…一起
<u>coworkers</u>?
同事

你平常會和同事一起吃午餐嗎？

主動表達・回應話題不詞窮：

午餐吃得
很少

have a small lunch

I **have a small lunch**.
我午餐吃得很少。

便當

boxed lunch

I had a **boxed lunch** for lunch.
我午餐吃了便當。

一頓奢侈
的午餐

a sumptuous lunch

I had **a sumptuous lunch** today.
我今天吃了一頓奢侈的午餐。

約某人共
進午餐

invite ... to have lunch with me

I often **invite** my clients **to have lunch with me**.
我常約客戶一起吃午餐。

員工餐廳

employee cafeteria

I had lunch at the **employee cafeteria**.
我在員工餐廳吃了午餐。

要注意飲食均衡

午餐也要注意營養均衡。
Nutritional balance is also an important part of lunch.

你的午餐吃得太油膩了！
You're having too much greasy food for lunch!

單字 sumptuous 奢侈的、豪華的／invite 邀請／cafeteria 自助式餐廳／nutritional 營養的／
balance 均衡／greasy 油膩的

41 晚餐

Q 主動提問・延續話題不冷場：

通常幾點做某事？

What time do you...?

What time do you usually have <u>dinner</u>?
　　　晚餐

你通常幾點吃晚餐？

通常吃什麼？

What do you...?

What do you usually have for dinner?

晚餐你通常吃什麼？

是否已經做了某事？

Have you...?

Have you had your dinner?

你已經吃晚餐了嗎？

（＊在中午問別人「已經吃晚餐了嗎？」是很奇怪的，所以這句話適用的時間點是「當天的晚上時段」。）

你是否總是…？

Do you always...?

Do you always have your dinner <u>this</u>
　　　　　　　　　　　　　如此…、這麼…
late?

你總是這麼晚吃晚餐嗎？

你是否經常…？

Do you often...?

Do you often <u>go out for dinner</u>?
　　　　　　　　在外吃晚餐

你經常在外面吃晚餐嗎？

主動表達・回應話題不詞窮：

自己下廚

cook ... oneself

I **cook** dinner **myself**.
我自己下廚煮晚餐。

買回家吃

bring food home

I **bring food home** for dinner.
我買晚餐回家吃。

吃泡麵

have instant noodles

I **have instant noodles** for dinner sometimes.
我有時候會吃泡麵當晚餐。

和朋友共
進晚餐

have dinner with my friends

I often **have dinner with my friends**.
我經常和朋友共進晚餐。

晚餐後吃
水果

晚餐
之後 →

eat fruit after dinner

I always **eat fruit after dinner**.
我都會在晚餐後吃水果。

忙碌到連 "好好吃一頓晚餐" 都成了奢侈

我常忙到沒空吃晚餐。
I'm often too busy to have dinner.

我總是草草解決我的晚餐。
I always take care of my dinner in a hurry.

單字 instant noodles 泡麵／take care of… 處理…、對待…／in a hurry 匆忙地

MP3 127

Q 主動提問・延續話題不冷場：

通常喝什麼？

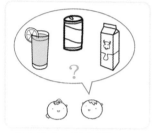

What do you...?

What do you usually <u>drink</u>?
喝

你經常喝什麼飲料？

你平常是否
會…？

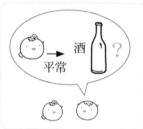

Do you...?

Do you drink <u>alcohol</u>?
酒

你平常會喝酒嗎？

你喜歡…
或…？

Do you like...or...?

Do you like cold or hot <u>drinks</u>?
飲料

你喜歡冷飲還是熱飲？

你想要…
或…？

Do you want...or...?

Do you want <u>tea</u>, <u>coffee</u> or <u>water</u>?
茶　　咖啡　　　水

你想要茶、咖啡，或是水？

過去到現在，
是否曾經…？

Have you ever...?

Have you ever got <u>drunk</u>?
喝醉的

你曾經喝醉過嗎？

主動表達‧回應話題不詞窮：

只喝開水

drink only water

I **drink only water**.
我只喝開水。

牛奶

milk

I have **milk** every morning.
我每天早上喝牛奶。

咖啡

coffee

I drink **coffee** to perk up.
我喝咖啡提神。

汽水

soda

I never drink **soda**.
我從不喝汽水。

冷飲

cold drink

I'm partial to **cold drinks**.
我偏愛冷飲。

喝飲料的 "習慣"

我習慣飯後喝一杯茶。
I'm used to having a cup of tea after meals.

我冬天常喝熱巧克力。
I often drink lots of hot chocolate during winter.

我每天喝一杯鮮榨果汁。
I have a glass of fresh juice every day.

單字 perk up 提神／be partial to… 偏好…／a cup of… 、a glass of… 一杯…／meal 餐點

主動提問 · 延續話題不冷場：

現階段是否有
某種行為？

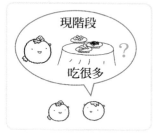

Are you…?

Are you <u>consuming</u> a lot of food?
吃、攝取

你現在都吃很多東西嗎？
（你現在食量很大嗎？）

你是否為某種
特質的人？

Are you…?

Are you a <u>picky</u> eater?
挑剔的

你是會挑食的人嗎？

你是否總
是…？

Do you always…?

Do you always <u>have</u> such <u>light</u> <u>meals</u>?
吃　　　　清淡的　餐點、一餐

你總是吃這麼清淡嗎？

你目前是否
有…？

Do you have…?

Do you have a good <u>appetite</u>?
食慾、胃口

你目前有食慾嗎？

你是否有能力
做…？

Can you…?

Can you <u>handle</u> <u>spicy</u> food?
勝任　辛辣的

你可以吃辣嗎？

A 主動表達・回應話題不詞窮：

辛辣的食
物

spicy food

I enjoy **spicy food**.
我喜歡辛辣的食物。

重口味的
食物

strong-flavored food

I prefer **strong-flavored food**.
我比較喜歡重口味的食物。

素食者

vegetarian

I'm a **vegetarian**.
我是素食者。

外食

dine out

I often **dine out**.
我經常外食。

暴飲暴食

eat and drink excessively

I often **eat and drink excessively**.
我經常暴飲暴食。

保持健康的飲食訣竅

我的三餐定時定量。
I have three square meals a day.

我通常只吃八分飽。
I normally don't eat until I'm full.

單字 …-flavored …口味的／dine 吃飯、用餐／excessively 過量地／square 定量的／normally 通常
／full 飽足的

44 喜歡的食物

Q 主動提問 · 延續話題不冷場：

喜歡什麼樣
的…？

What kind of...?

What kind of food do you like?
你喜歡什麼樣的食物？

最喜歡什麼樣
的…？

What kind of...?

What kind of fruit do you like the
　　　　　　水果
best?
你最喜歡什麼樣的水果？

偏好哪一國料
理？

Which nation's cuisine...?

Which nation's cuisine do you prefer?
　　　　　　料理、菜餚　　　　更喜歡、偏好
你偏好哪一國的料理？

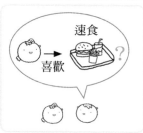

你喜歡…嗎？

Do you like...?

Do you like fast food?
　　　　　　　速食
你喜歡速食嗎？

你是否經
常…？

Do you often...?

Do you often eat at the night market?
　　　　　　　　　　　　　夜市
你會經常在夜市吃東西嗎？

主動表達・回應話題不詞窮：

義大利麵

spaghetti

I've been crazy about **spaghetti** lately.
我最近迷上義大利麵。

肉食主義者

meat lover

I'm a total **meat lover**.
我是標準的肉食主義者。

甜食和點心

sweets and snacks

I love all kinds of **sweets and snacks**.
我愛吃各式各樣的甜食和點心。

油炸食物

deep-fried

deep-fried food

I prefer **deep-fried foods**.
我偏愛油炸食物。

中式料理

Chinese

Chinese food

I have a weakness for **Chinese food**.
我嗜吃中式料理。

隨著季節吃美食

夏天一定要吃刨冰。
Shaved ice is a must in summertime.

冬天我喜歡吃熱騰騰的食物。
I love steaming hot food in wintertime.

單字　be crazy about… 著迷…／prefer 較喜歡／have a weakness for… 對…有強烈慾望／shaved ice 刨冰／summertime 夏季／steaming 冒著蒸氣的／wintertime 冬季

45 討厭的食物

Q 主動提問・延續話題不冷場：

不喜歡什麼樣
的…？

What kind of…?

What kind of food don't you like?

你不喜歡什麼樣的食物？

是否有…食
物？

Is there…?

Is there much you won't eat?

有很多（食物）你不吃嗎？

是否有某種情
緒？

Are you…?

Are you <u>afraid</u> of the <u>smell</u> of <u>garlic</u>?
　　　　害怕　　　　　味道　　　大蒜

你害怕大蒜的味道嗎？

你討厭…嗎？

Do you hate…?

Do you hate <u>meat</u>?
　　　　　　肉

你討厭吃肉嗎？

你覺得…嗎？

Do you think…?

Do you think that <u>stinky tofu</u> <u>smells</u>?
　　　　　　　　臭豆腐　　發出臭味的

你覺得臭豆腐很臭嗎？

主動表達‧回應話題不詞窮：

肥肉

fat
I don't eat **fat**.
我不吃肥肉。

有魚腥味
的食物

fishy food
I hate **fishy food**.
我討厭有魚腥味的食物。

酸的食物

sour food
I'm not fond of **sour food**.
我不喜歡吃酸的食物。

蔥的味道

the smell of green onions
I hate **the smell of green onions**.
我討厭蔥的味道。

米飯

rice
I detest **rice**.
我討厭吃米飯。

挑食的小孩

我小時候最怕吃青椒。
I hated to eat green peppers when I was little.
我很挑食，很多東西不吃。
I'm picky; there is a lot of food that I won't eat.

單字　be fond of… 喜歡…／green onion 蔥／detest 厭惡／green pepper 青椒／picky 挑剔的

46 父母親

Q 主動提問・延續話題不冷場：

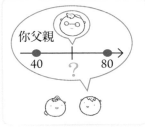

幾歲？

How old…?

How old is your <u>father</u>?
父親

你的父親幾歲？

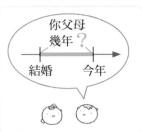

某事已經持續
了幾年？

How many…have…?

How many years **have** your parents been <u>married</u>?
結婚

你的父母親已經結婚幾年了？

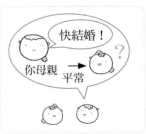

你母親平常是
否會…？

Does your…?

Does your mother <u>urge</u> you to get
催促
married soon?

你母親平常會催你結婚嗎？

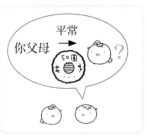

你父母平常是
否會…？

Do your…?

Do your parents give you an <u>allowance</u>?
零用錢

你父母平常會給你零用錢嗎？

你父親是否
是…狀態？

Is your…?

Is your father <u>retired</u>?
退休的

你的父親退休了嗎？

主動表達・回應話題不詞窮：

退休的

（過去）在職　（現在）退休

retired

My mother is **retired**.
我母親退休了。

離婚的

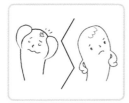

divorced

My parents are **divorced**.
我的父母親離婚了。

已經結婚…年

30 年

have been married for...years

My parents **have been married for** 30 **years**.
我的父母親已經結婚 30 年了。

對我很嚴格

不准！

be strict with me

My parents **are strict with me**.
父母親對我很嚴格。

過世

pass away

pass away

My mother **passed away**.
我母親過世了。

和父母親的互動模式

我和父親有代溝。
There is a generation gap between my father and me.

我的母親像我的朋友一樣。
My mother is like my friend.

單字　strict 嚴格的／generation gap 世代隔閡、代溝

Q 主動提問·延續話題不冷場：

有幾個兄弟姊妹？

How many...do you have?

How many <u>brothers</u> and <u>sisters</u> do
兄弟　　　　姊妹
you have?

你有幾個兄弟姊妹？

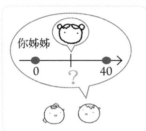

幾歲？

How old...?

How old is your <u>elder</u> sister?
較年長的

你的姊姊幾歲？

你有…嗎？

Do you have...?

Do you have any <u>siblings</u>?
兄弟姊妹

你有任何兄弟姊妹嗎？

你是否長得像…？

Do you look like...?

Do you <u>look like</u> your brothers and
看起來相似
sisters?

你和兄弟姊妹長得像嗎？

你平常是否…？

Do you...?

Do you <u>get along with</u> your brothers
和某人相處融洽
and sisters?

你平常和兄弟姊妹相處融洽嗎？

主動表達・回應話題不詞窮：

獨生女

the only daughter

I am **the only daughter** in my family.
我是獨生女。

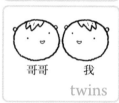

雙胞胎

哥哥　　我

twins

My elder brother and I are **twins**.
我和哥哥是雙胞胎。

很多兄弟
姊妹

many brothers and sisters

I have a big family with **many brothers and sisters**.
我有個大家庭，有很多兄弟姊妹。

和某人經
常在吵架

be always quarrelling with...

I'm **always quarrelling with** my younger sister.
我和妹妹經常在吵架。

和某人感
情很好

have a close relationship with...

I **have a close relationship with** my siblings.
我和兄弟姊妹感情很好。

手足情深

我和兄弟姊妹經常互相幫忙。
My siblings and I usually help each other.

我跟兄弟姊妹無話不談。
There are no secrets between me and my siblings.

單字　big family 大家庭／quarrel 爭吵／close 親密的／sibling 兄弟姊妹／secret 秘密

48 情人

Q 主動提問‧延續話題不冷場：

過去如何認識？

How did…?

How did you <u>meet</u> each other?
　　　　　　　認識

你們之前怎麼認識的？

詢問過去某事發生的原因？

Why did…?

Why did you <u>break up</u>?
　　　　　　分手

當時你們為什麼分手？

什麼類型的男生？

What kind of…?

What kind of <u>guys</u> do you like?
　　　　　男生。較口語的說法

你喜歡什麼類型的男生？

是否存在有某人？

Is there…?

Is there someone you <u>are interested in</u>?
　　　　　　　　　　　　　感興趣

你有心儀的對象嗎？

你是否有…？

Do you have…?

Do you have a <u>boyfriend</u>?
　　　　　　　男朋友

你有男朋友嗎？

主動表達‧回應話題不詞窮：

已經交往…年

交往　　現在
5 年

have been dating for…years

My boyfriend and I **have been dating** each other **for 5 years**.
我和男朋友已經交往五年。

醋罈子

← 女朋友

a jealous person

My girlfriend is **a jealous person**.
我的女朋友是個醋罈子。

一見鍾情

at first sight

fall in love with… at first sight

I **fell in love with** my girlfriend **at first sight**.
我和我女朋友是一見鍾情。

初戀情人

初戀　　結婚

first love

My husband was my **first love**.
老公是我的初戀情人。

遠距離戀愛

台灣　　美國

have a long-distance relationship

My girlfriend and I **have a long-distance relationship**.
我和女朋友是遠距離戀愛。

甜蜜蜜的熱戀期

我和男朋友正是熱戀期。
My boyfriend and I are passionately in love.

我和女朋友每天黏在一起。
My girlfriend and I are joined at the hip.

單字　date 交往、約會／jealous 忌妒的／distance 距離／relationship 戀愛關係／passionately 熱情
地／be joined at the hip（兩個人）形影不離

49 朋友

Q 主動提問・延續話題不冷場：

你有…嗎？

Do you have…?

Do you have many <u>good friends</u>?
好朋友

你有很多好朋友嗎？

你是否喜歡做
某事？

Do you like to…?

Do you like to <u>make friends</u>?
交朋友

你喜歡交朋友嗎？

你目前是
否…？

Do you…?

Do you <u>share</u> the same <u>interests</u> <u>as</u>
共同有 興趣 和
your friends?

你和朋友們有相同的興趣嗎？

你平常是
否…？

Do you…?

Do you <u>get together</u> with your friends
聚在一起
<u>frequently</u>?
頻繁地

你和朋友們經常聚在一起嗎？

你是否願意做
某事？

Will you…?

Will you tell your friend what's on
your mind?

你願意告訴朋友你的心事嗎？

主動表達・回應話題不詞窮：

和某人已
經失聯

have lost contact with...

I **have lost contact with** some friends.
我和一些朋友已經失去聯絡。

知心好友

intimate friend

I have one or two **intimate friends**.
我有一兩個知心好友。

有共同點

have things in common

My friends and I **have** many **things in common**.
朋友和我有很多共同點。

年紀相仿

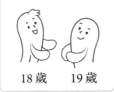

be about the same age

My friends and I **are about the same age**.
我和朋友年紀相仿。

彼此關心

care about each other

My friends and I **care about each other**.
我和朋友彼此關心。

爭吵過後還是朋友

我和朋友偶爾起爭執。
Sometimes my friends and I get into fights.

我和朋友爭執後總能和好如初。
My friends and I always make up after we have a quarrel.

單字　contact 聯繫／intimate 親密的／common 相同的／get into fight 爭吵／make up 和好／
quarrel 爭吵

Q 主動提問．延續話題不冷場：

感覺如何？

How do you…?

How do you <u>feel</u> about your <u>boss</u>?
　　　　　　　感覺　　　　　　　老闆

你對你的老闆感覺如何？

某人通常幾點
做某事？

What time does…?

What time does your boss usually
<u>arrive</u> at the office?
抵達

你的老闆通常幾點進公司？

什麼樣的人？

What kind of…?

What kind of person is your boss?

你的老闆是什麼樣的人？

你的老闆是否
是某特質的
人？

Is your boss…?

Is your boss easy to <u>communicate</u>
　　　　　　　　　　　　溝通
with?

你的老闆容易溝通嗎？

你是否有某種
情緒？

Are you…?

Are you <u>afraid</u> of talking to your boss?
　　　　　　害怕的

你會害怕和老闆講話嗎？

A 主動表達・回應話題不詞窮：

很懂得做
生意

be business savvy

My boss **is** very **business savvy**.
我的老闆很懂得做生意。

腦筋動得
快

have a keen mind

My boss **has a keen mind**.
我的老闆腦筋動得很快。

年輕有為

young and promising

My boss is **young and promising**.
我的老闆年輕有為。

務實的人

a practical person

My boss is **a practical person**.
我的老闆是務實的人。

企業家第
二代

second-generation entrepreneur

My boss is a **second-generation entrepreneur**.
我的老闆是企業家第二代。

受人愛戴的老闆

我的老闆知人善任。
My boss knows how to assign tasks to employees according to their abilities.

我的老闆深受公司員工愛戴。
My boss is deeply respected by his employees.

單字 savvy 具備某方面的實務知識，尤指商業或政治／keen 敏捷的／promising 有前途的／
practical 務實的／entrepreneur 企業家／assign 指派／task 任務、差事／respected 受尊敬的

Q 主動提問・延續話題不冷場：

什麼樣的人？

What kind of...?

What kind of people are your <u>colleagues</u>?
　　　　　　　　　　　　　同事

你的同事們是什麼樣的人？

同事們是否是
某特質的人？

Are your colleagues...?

Are your colleagues easy to <u>get along</u>
<u>with</u>?
　　　　　　　　　相處

你的同事們容易相處嗎？

同事們是否是
某特質的人？

Are your colleagues...?

Are your colleagues <u>senior</u> to you?
　　　　　　　　　　　較資深的

你的同事們都比你資深嗎？

你有…，還
是…？

Do you have...or...?

Do you have more <u>male</u> colleagues **or**
　　　　　　　　　　男性的
<u>female</u> colleagues?
女性的

你有較多的男同事還是女同事？

同事們平常是
否會…？

Do your...?

Do your colleagues <u>help</u> you?
　　　　　　　　　　幫忙

你的同事們平常會幫你嗎？

主動表達・回應話題不詞窮：

好相處

be easy to get along with

All my colleagues **are easy to get along with**.
我的同事都很好相處。

男性居多

mostly male

My colleagues are **mostly male**.
我的同事以男性居多。

打混摸魚

slack off

My colleagues are always **slacking off** at work.
我的同事上班經常在打混摸魚。

打小報告

snitch

Some of my colleagues like to **snitch**.
我有些同事喜歡打小報告。

聊八卦

那個誰…

gossip

My colleagues like to **gossip**.
我的同事喜歡聊八卦。

和同事合作無間

我的同事是我的最佳拍檔。
My colleague is my best partner.

我和同事總是互相幫忙。
My colleagues and I always help each other.

單字 | be easy to… 易於…／male 男性的／slack off 懈怠地做某事／snitch 告密（較口語的說法）／
partner 夥伴

MP3 137

Q 主動提問・延續話題不冷場：

關心對方目前
的狀況？

How are you…?

How are you doing?

你過得如何？

＊「How are you doing?」和「How are you?」意義
相同，都是「問候用語」

最近持續忙碌
什麼？

What have you…?

What have you been so <u>busy</u> with
　　　　　　　　　　　　 忙碌的
lately?

你最近一直在忙些什麼？

詢問現階段某
事的原因？

Why do…?

Why do you <u>look</u> so <u>tired</u> <u>lately</u>?
　　　　　 看起來　　 疲累的　最近

你為什麼最近看起來很累？

目前是否持續
某種狀況？

Have you been…?

Have you been busy <u>recently</u>?
　　　　　　　　　　　 最近

你最近一直很忙碌嗎？

現在是否已變
成某種期望狀
態？

Have you…?

Have you <u>gotten over</u> the <u>cold</u> you had
　　　　　　 恢復　　　　　　 感冒
last time?

你上次的感冒現在已經痊癒了嗎？

主動表達・回應話題不詞窮：

幸運的

lucky

I have been very **lucky** recently.
我最近很幸運。

忙碌的

busy

I have been **busy** recently.
我最近一直很忙碌。

談戀愛

fall in love

I've **fallen in love**.
我談戀愛了。

搬家

move

I just **moved**.
我剛搬家。

換工作
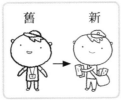

change jobs

I just **changed jobs**.
我剛換了工作。

平淡的生活

我的生活一成不變。
My life is always the same.

我最近過得普普通通，沒什麼特別的。
I've been all right lately—nothing special.

單字　recently 最近／same 一樣的／all right 良好／special 特別的

MP3 138

Q 主動提問‧延續話題不冷場：

關心對方最近
的心情？

最近這段時間

How have you…?

How have you been <u>feeling</u> recently?
感覺

你最近心情如何？

在煩什麼？

What is…?

What is <u>annoying</u> you?
煩惱。此處的「is annoying」時態是「現在進行式」，
意指「當下正在…」

你在煩什麼？

現階段是否處
於某種情緒？

心情差

Are you…?

Are you in a <u>bad mood</u>?
心情差

你心情不好嗎？

你目前是
否…？

快樂

Do you…?

Do you <u>lead a</u> happy <u>life</u>?
過…的生活

你過得快樂嗎？

現在是否已變
成某種期望狀
態？

過去 → 現在

Has everything…?

Has everything <u>cleared up</u>?
雨過天晴

現在一切都雨過天晴了嗎？

主動表達・回應話題不詞窮：

心情很好

be in a terrific mood

I have **been in a terrific mood** as of late.
我最近心情很好。

充滿自信

be full of confidence

I **am full of confidence**.
我充滿自信。

煩躁的

annoyed

I am so **annoyed**.
我很煩躁。

沮喪的

depressed

I have been very **depressed** lately.
我最近很沮喪。

陷入低潮

be in low spirits

I **am in low spirits**.
我陷入低潮。

谷底心情・鬥志滿滿

我今天心情跌到谷底。／我好像得了憂鬱症。
I am feeling down today. ／ I think I am suffering from depression.

今天是我最開心的一天。／我充滿鬥志。
Today is the happiest day of my life. ／ I am full of fight.

單字 terrific 極好的／as of late 最近／confidence 信心／spirit 情緒、心情／feel down 心情低落／
suffer from… 罹患某疾病／depression 憂鬱症／fight 鬥志

MP3 139

Q 主動提問・延續話題不冷場：

最近安排了什麼計畫？

What plans have you...?

What plans have you made recently?
計畫

你最近安排了什麼計畫？

現在是否已達成之前的預定目標？

Have you...?

Have you quit drinking yet?
戒酒

你已經戒酒了嗎？

現在是否已達成之前的預定目標？

Have you...?

Have you found a house yet?
房子

你已經找到房子了嗎？

現在是否已達成之前的預定目標？

Have you...?

Have you begun exercising?
運動

你已經開始運動了嗎？

目前是否正在做某事？

Are you...?

Are you looking for a job?
尋找

你正在找工作嗎？

主動表達・回應話題不詞窮：

減肥

lose some weight

I am trying to **lose some weight**.
我正在減肥。

戒煙

give up smoking

I am trying to **give up smoking**.
我正在努力戒煙。

準備考試

prepare for an exam

I am **preparing for an exam** right now.
我正在準備考試。

籌備婚禮

arrange the wedding ceremony

I am **arranging the wedding ceremony** right now.
我正在籌備婚禮。

找工作

look for a job

I am **looking for a job**.
我正在找工作。

人生不同階段的抉擇

我正在抉擇要選哪一所學校。
I am in the process of choosing a school.

我正在考慮到海外發展。
I am considering working overseas.

單字　give up…戒除…／prepare 準備／arrange 安排、籌備／wedding ceremony 婚禮／process 過程／choose 選擇／consider 考慮／overseas 國外地

Q 主動提問・延續話題不冷場：

什麼導致
你…？

What makes…?

What **makes** you so happy **like this**?
　　導致、使得　　　　　　　　　　像這樣

什麼導致你這麼開心？

現階段你為什
麼一直…？

Why are you ~ing…?

Why are you **smiling** **all the time**?
　　　　　　　笑　　　一直、無時無刻

你為什麼一直在笑？

詢問現階段某
事的原因？

Why do…?

Why do you look so **cheerful**?
　　　　　　　　　　興高彩烈的

你為什麼看起來這麼開心？

現在是否處於
某種狀態？

Are you…?

Are you **having fun**?
　　　　玩得開心

你現在玩得開心嗎？

目前是否持續
某種狀況？

Have you been…?

Have you been happy **recently**?
　　　　　　　　　　最近

你最近一直都很開心嗎？

主動表達・回應話題不詞窮：

超級開心

be so happy
I'm so happy.
我超開心的！

感覺很好

feel great
I feel great.
我感覺很好。

興奮的

excited
I'm so excited.
我超興奮的。

感到心花
怒放

feel incredibly happy
What you've said makes me feel incredibly happy.
聽你這樣說，真是讓我心花怒放。

快樂得像
小鳥

be as happy as a lark
I'm as happy as a lark.
我快樂得像隻小鳥。

"樂不思蜀"・"九霄雲外" 怎麼形容？

我玩到樂不思蜀。
I had so much fun that I forgot to go back home.

我完全把壓力拋到九霄雲外。
I made myself completely forget about the pressure.

單字 incredibly 非常地／lark 雲雀／completely 完全地／pressure 壓力

Q 主動提問‧延續話題不冷場：

是否有某種情緒？

Are you…?

Are you <u>surprised</u>?
驚訝的

你很驚訝嗎？

是否有某種情緒？

Are you…?

Are you scared of such a <u>tiny</u> thing?
微小的

這種小事就會驚嚇到你嗎？

那…真實嗎？

Is that…?

Is that true?

那是真的嗎？

這真的…嗎？

Is it really…?

Is it really <u>worth</u> <u>making such a big</u>
<u>deal over</u>? 值得　　大驚小怪、小題大作

這真的值得大驚小怪嗎？

你不覺得…嗎？

Don't you think…?

Don't you think that it's too
<u>unexpected</u>?
意想不到的

你不覺得太意外了嗎？

主動表達・回應話題不詞窮：

令人驚訝的

surprising

That's really **surprising**!
太令人驚訝了！

不可思議的

怎麼可能

amazing

That's really **amazing**.
真是不可思議。

美好到令人難以置信

我中了樂透?!

be too good to be true

This **is** really **too good to be true**!
這事真是美好到令人難以置信！

驚嚇

scare

You **scared** me.
你嚇到我了。

在開玩笑

?

be kidding

You must **be kidding** me!
你一定是在開玩笑吧！

意想不到的怪事

竟然有這種事發生。
Such a thing actually happened.

真是怪事年年有。
Strange things happen all the time.

單字 kid 開玩笑、欺騙／actually 實際地／happen 發生／strange 奇怪的

57 感動

Q 主動提問・延續話題不冷場：

這…感人嗎？

Is this…?

Is this book <u>touching</u>?
感人的

這本書感人嗎？

之前是否
被…？

Were you…by…?

Were you <u>moved</u> **by** him?
受感動的

你剛才被他感動了嗎？

你覺得…嗎？

Do you think…?

Do you think this <u>movie</u> is touching?
電影

你覺得這部電影感人嗎？

你不覺得…
嗎？

Don't you think…?

Don't you think that it's really <u>tragic</u>?
悲劇性的

你不覺得這真是太悲慘了嗎？

目前是否正
在…？

Are you…?

Are you crying?
你現在在哭嗎？

A 主動表達・回應話題不詞窮：

感人的

touching
It's really **touching**.
那真是感人。

容易受到
感動

be easily moved
How **easily** you **are moved**!
你怎麼這麼容易受到感動啊！

令人傷感
的作品

tearjerker
The film is such a **tearjerker**.
這部電影真是部令人傷感之作。

大哭一場

cry one's eyes out
I **cried my eyes out**.
我大哭了一場。
（＊形容「哭到像要把眼睛給哭出來」的大哭）

打動我的
心

touch my heart
He **touched my heart**.
他打動了我的心。

想哭就哭吧

別把感情悶在心裡。／如果想哭就哭出來吧。
Don't seal your feelings in your heart. ／ Cry if you want to.

賺人熱淚・感同身受

真是賺人熱淚。 ／我感同身受。
It really makes people cry. ／ I know exactly how you feel.

單字 move 感動／tearjerker 令人傷感的電影或小說／touch 感動、觸動／seal 封閉

58 有信心

Q 主動提問・延續話題不冷場：

目前是否有某種情緒？

Are you…?

Are you confident?
　　　　　　　有信心的

你有信心嗎？

目前是否感到…？

Do you feel…?

Do you feel scared?
　　　　　　　恐懼的、害怕的

你感到恐懼嗎？

我是否會獲得…？

Do I have…?

Do I have your word?
　　　　　　　　承諾

我會得到你的承諾嗎？

你是否有能力做…？

Can you…?

Can you do it?

你做得到嗎？

你是否有能力做…？

Can you…?

Can you handle this job?
　　　　　處理

你可以勝任這份工作嗎？

主動表達・回應話題不詞窮：

有十足的
信心

have one hundred percent confidence

I **have one hundred percent confidence**.
我有十足的信心。

包在我身
上

count on me

You can **count on me**.
包在我身上。

不讓某人
失望

not let someone down

I will **not let you down**.
我不會讓你失望。

成功掌
控…

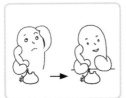

get … under control

I've **got** it **under control**.
我已經成功掌控住了。

勝任

handle

I can **handle** that.
我可以勝任這個。

相信我，我有辦法！

有我在，別怕！／相信我。
I'm here, don't be afraid! ／ Trust me.

我有辦法。／我保證一切沒問題。
I have a plan. ／ I promise that everything is okay.

單字 percent 百分比／confidence 信心／count on… 仰賴某人／let…down 讓…失望／under
control 有能力處理地、在掌控之中／handle 處理、勝任／promise 承諾、保證

Q 主動提問 · 延續話題不冷場：

生什麼氣？

What are…?

What are you <u>mad</u> about?
　　　　　　　生氣的

你是在生什麼氣？

詢問之前某事
的原因？

Why did…?

Why did you <u>ignore</u> me?
　　　　　　　不理會

你之前為什麼不理我？

是否對我有某
種情緒？

Are you…?

Are you <u>angry</u> with me?
　　　　　生氣的

你是在生我的氣嗎？

這真的如此…
嗎？

Is it really…?

Is it really <u>that</u> <u>serious</u>?
　　　　　　　如此　嚴重的

這真的有這麼嚴重嗎？

過去到現在，
我是否曾經做
過…？

Have I…?

Have I done something <u>wrong</u>?
　　　　　　　　　　　錯誤的、不對的

我是不是曾經做錯了什麼？

主動表達‧回應話題不詞窮：

生氣的

angry

I'm very **angry**.
我非常生氣。

想打人

want to hit someone

I really **want to hit someone**.
我真的很想打人。

別煩人

leave someone alone

Leave me alone.
別來煩我。

頂嘴

少囉嗦！

talk back

Don't **talk back** to me!
別和我頂嘴！

無法再忍
受了

受不了了！

can't stand it anymore

I **can't stand it anymore**!
我無法再忍受了！

撂下狠話！

敢碰我一根寒毛試試看！
How dare you try and touch me!

看我會怎麼對付你。
Look how I am dealing with you.

小心我揍你。
Careful, or I'll smack you.

單字　hit 打、擊／leave 使…處於某種狀態／stand 忍受／dare 膽敢／smack 掌摑、用力揍／deal
with 處理

主動提問・延續話題不冷場：

是否有某種情緒？

不快樂 ？

Are you...?

Are you <u>unhappy</u>?
　　　　　不快樂的

你是不是不快樂？

是否有什麼事？

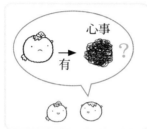
心事
有 → ？

Is there...?

Is there anything on your <u>mind</u>?
　　　　　　　　　　　心、心靈

你有什麼心事嗎？

過去到現在，是否有某事發生？

過去 → 現在
發生某事 ？

Is there...has...?

Is there anything that **has** <u>happened</u>?
　　　　　　　　　　　　　　　發生

這段期間有任何事情發生嗎？

現在是否已變成某種期望狀態？

過去 → 現在 ？

Have you...?

Have you <u>grown happier</u> recently?
　　　　　變得較快樂

你最近已經變得比較快樂了嗎？

目前是否感到…？

→ 難過 ？
目前

Do you feel...?

Do you feel <u>sad</u>?
　　　　　難過

你感到難過嗎？

主動表達・回應話題不詞窮：

難過的

sad

I feel **sad**.
我很難過。

哭一整天

cry all day

I **cried all day**.
我哭了一整天。

讓人心碎

break one's heart

It really **breaks my heart**.
這真是讓我心碎。

被傷得很深

be hurt deeply

I've **been hurt** very **deeply**.
我已經被傷得太深。

處於低潮

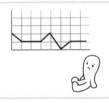

be low

My spirits have **been low** recently.
我最近的心情一直處於低潮。

"椎心之痛" 怎麼形容？

我的心好像被挖空了。
My heart seems empty.

我的心好像被人捅了一刀。
My heart feels like it has been stabbed.

我的心在淌血。
My heart bleeds.

單字 break 打破、使碎裂／deeply 深深地／spirit 情緒／empty 空的／bleed 流血／stab 刺傷

61 失望

Q 主動提問・延續話題不冷場：

是否有某種情緒？

Are you...?

Are you <u>discouraged</u>?
沮喪的、灰心的

你很沮喪嗎？

是否有機會？

Is there...?

Is there no <u>chance</u> <u>at all</u>?
機會　完全、根本

完全沒有機會嗎？

目前是否懷抱…？

Do you have...?

Do you still have <u>hope</u>?
希望

你仍然懷抱希望嗎？

是否想要做某事？

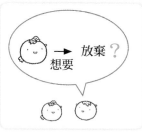

Do you want to...?

Do you want to <u>give up</u>?
放棄

你想要放棄嗎？

現在是否已變成某種狀態？

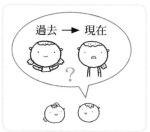

Have you...?

Have you lost your <u>will</u> to <u>fight</u>?
意志　　奮鬥

你已經失去鬥志了嗎？

A 主動表達・回應話題不詞窮：

令人失望
的

disappointing

It's really **disappointing**.
這真是令人失望。

不想再努
力

don't want to try anymore

I **don't want to try anymore**.
我不想再努力下去了。

沒有希望

no hope

There's **no hope**.
沒希望了。

放棄

give up

I **give up**.
我要放棄。

再次失敗

fail again

I've **failed again**.
我又失敗了。

徹底絕望

哀莫大於心死。
There is no grief greater than the death of the heart.

你浪費了我對你的信任。／再也無所謂了。
You wasted my trust in you. ／ It doesn't matter anymore.

單字 try 試圖、努力／fail 失敗／grief 悲哀／waste 浪費／matter 要緊、有關係

Q 主動提問・延續話題不冷場：

是否正感
到…？

Are you…?

Are you feeling <u>lonely</u>?
　　　　　　　寂寞

你是否感到寂寞？

是否有某種情
緒？

Are you…?

Are you afraid of the <u>dark</u>?
　　　　　　　　　　黑暗

你是否會怕黑？

你是否喜歡做
某事？

Do you like to…?

Do you like to be <u>alone</u>?
　　　　　　　　　獨處

你喜歡一個人獨處嗎？

你不喜歡…
嗎？

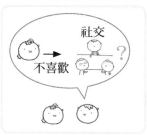

Do you dislike…?

Do you dislike <u>social activities</u>?
　　　　　　　　　社交活動

你不喜歡社交活動嗎？

你討厭…嗎？

Do you hate…?

Do you hate being <u>disturbed</u>?
　　　　　　　　　　打擾

你討厭被打擾嗎？

主動表達・回應話題不詞窮：

寂寞的

只有一個人…

lonely

I'm **lonely**.
我很寂寞。

想念你

miss you

I **miss you** very much.
我非常想念你。

沒有朋友

don't have any friends

I **don't have any friends**.
我沒有朋友。

沒人關心

nobody cares

Nobody cares about me.
沒有人關心我。

沒人瞭解

沒人懂我

no one understands

No one understands me.
沒有人瞭解我。

我總是一個人

我總是一個人吃飯。／我總是一個人看電影。
I always eat alone.／I always go to the movies alone.

沒有人要和我說話。／沒有人喜歡我。
There's no one who wants to talk to me.／Nobody likes me.

單字 miss 想念／care 在乎、關心／understand 理解

63 後悔

Q 主動提問・延續話題不冷場：

是否有某種情緒？

Are you...?

Are you <u>regretful</u>?
　　　　　後悔的

你後悔嗎？

你是否後悔…？

Do you regret...?

Do you regret not <u>taking</u> your friends'
　　　　　　　　　　採取
<u>advice</u> <u>at the beginning</u>?
　建議　　在開始時

你後悔一開始沒有採取朋友的建議嗎？

你目前是否…？

Do you...?

Do you still not <u>regret</u> it?
　　　　　　　　後悔做做…

你目前依然不後悔嗎？

你不認為…嗎？

Don't you think...?

Don't you think that <u>you've been</u> too
　　　　　　　　　　你一直以來都是
<u>stupid</u>?
愚笨的、傻的

你不認為自己一直以來都太傻了嗎？

現在是否已變成某種狀態？

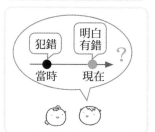

Have you...?

Have you <u>realized</u> you were wrong?
　　　　　明白、理解

你已經明白自己當時錯了嗎？

A 主動表達・回應話題不詞窮：

後悔的

regretful

I am really **regretful**.
我真的很後悔。

都是我錯

all my fault

It's **all my fault**.
這全都是我的錯。

不聽建議

ignore advice

I regret **ignoring** my friend's **advice**.
我後悔沒聽朋友的建議。

得到教訓

learn one's lesson

I've really **learned my lesson** this time.
我這次真的已經得到教訓了。

要是早知
道，我就
不會…

wouldn't have …if I had known

I **wouldn't have** done it **if I had known**.
要是我早知道，我就不會這樣做。

我是豬頭・怨不得人

我是豬頭。／怨不得人。
I'm really a fool. ╱ It can't be blamed on anyone.

後悔也來不及了。
It's too late for regrets.

單字　fault 錯誤／ignore 忽視／lesson 教訓、訓誡／fool 傻瓜／blame 責備

Q 主動提問・延續話題不冷場：

現階段是否處
於某種狀態？

Are you too idle?
　　　　　空閒的

你太閒了嗎？

你目前是
否…？

Do you have nothing to do?
　　　　　　　沒有事情

你目前沒有事情要做嗎？

你平常是否
要…？

昨天　今天　明天

Do you have to do the same thing
　　　　　　　　　　相同的

every day?

你每天都必須做相同的事嗎？

你不覺得…
嗎？

生活
無趣

Don't you think your life is boring?
　　　　　　　　　　　　　無趣的

你不覺得你的生活很無趣嗎？

這是否不
會…？

引起興趣

Doesn't this interest you at all?
　　　　　　　使…感興趣　　完全

這個東西完全不引起你的興趣嗎？

A 主動表達・回應話題不詞窮：

令人覺得
無聊

boring

It's so **boring**!
這令人感覺很無聊！

無事可做

have nothing to do

I **have nothing to do**.
我無事可做。

引起興趣

interest

Nothing **interests** me.
沒有事情能引起我的興趣。

虛度日子

fool around

Just **fooling around**.
只是在虛度日子。

要睡著了

be going to fall asleep

I'm **going to fall asleep** if you keep talking.
要是你再說下去我就要睡著了。

生活毫無新意

生活好像喝白開水一樣。
Life is like drinking a glass of water.

生活一成不變。／過一天算一天。
Life never changes. ／ Just taking it one day at a time.

單字　fool around 做不重要的事情、浪費時間／fall asleep 入睡／a glass of… 一杯…／change 改變
／take it one day at a time 對未來不做規劃，等事情發生才會處理

65 懷疑

Q 主動提問・延續話題不冷場：

你現在正在…
嗎？

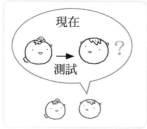

Are you...?

Are you <u>testing</u> me?
　　　　測試、檢驗

你現在是在測試我嗎？

你是否懷
疑…？

Do you...?

Do you <u>doubt</u> him?
　　　　懷疑

你懷疑他嗎？

你是否相
信…？

Do you...?

Do you believe this is <u>true</u>?
　　　　　　　　　　真實的

你相信這是真的嗎？

你不覺得…
嗎？

Don't you think...?

Don't you think it's <u>dubious</u>?
　　　　　　　　　　可疑的

你不覺得那很可疑嗎？

過去到現在，
這件事是否曾
經發生？

Has this...?

Has this really <u>happened</u>?
　　　　　　　發生

這件事真的曾經發生過嗎？

主動表達・回應話題不詞窮：

奇怪的

strange

It's too **strange**.
這太奇怪了。

不相信

do not believe

I just **do not believe** that.
我就是不相信。

太牽強

too far-fetched

This reason is **too far-fetched**.
這個理由太牽強。

某個人說謊

someone lie

Someone must have **lied**.
一定有某個人說謊。

讓人懷疑

make people doubt

Your motives **make people doubt**.
你的動機讓人懷疑。

"羅生門" 事件

大家都各說各話。
Everybody speaks for himself.

我不知道該相信誰。／我覺得事情不大對勁。
I don't know who I can believe. ／ Something's fishy.

單字 far-fetched（理由或理論）不讓人信服的／motive 動機／doubt 懷疑的／speak for oneself
表達個人一廂情願的想法／fishy 可疑的

66 名牌話題

Q 主動提問・延續話題不冷場：

具體的預算
是…？

What is…?

What is your <u>budget</u> for a <u>name-brand</u>
預算　　　　　　　名牌商品
<u>item</u>?

你買名牌商品的預算是多少？

哪一個品牌？

Which name brand…?

Which <u>name brand</u> is your <u>favorite</u>?
　　　名牌　　　　　　　最愛

哪一個名牌是你最喜歡的？

是否有某種情
緒？

Are you…?

Are you <u>fond</u> of name brands?
　　　喜歡的

你喜歡名牌嗎？

這是…或…？

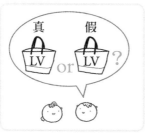

Is it…or…?

Is it real **or** an <u>imitation</u>?
　　　　　　　　仿冒品

這個是真的還是仿冒品？

你是否經
常…？

Do you often…?

Do you often buy <u>name-brand items</u>?
　　　　　　　　名牌商品

你經常買名牌商品嗎？

主動表達・回應話題不詞窮：

名牌

name brand

name brand

I love buying **name brands**.
我喜歡買名牌。

設計

風格特色

design

I like the **design** of name brands.
我喜歡名牌的設計。

品質

歷久彌新

quality

I trust the **quality** of name brands.
我相信名牌的品質。

永不退流行

現在 ➡ 未來

never go out of fashion

Name-brand bags will **never go out of fashion**.
名牌包包永遠不會退流行。

二手的名牌商品

二手區

售出　售出

secondhand name-brand item

The **secondhand name-brand item** market is active as well.
二手名牌商品的市場也很活躍。

名牌仿冒品幾可亂真！

有些名牌仿冒品看起來幾可亂真。
Some name brand imitations look just like the real thing.

一不小心就會買到名牌仿冒品。
There's a good possibility of accidentally getting an imitation name brand.

單字　fashion 潮流／secondhand 二手的、用過的／market 市場／active 活躍的／as well 也／
imitation 仿冒品／good 充足的／possibility 可能性／accidentally 意外地

Q 主動提問・延續話題不冷場：

通常花費多少？

How much do you...?

How much do you <u>pay</u> for <u>beauty</u>
付錢　　　　美容保養品
<u>products</u> each month?

你通常每個月花多少錢購買美容保養品？

我要如何做才能…？

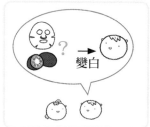

How can I...?

How can I get my <u>skin</u> white again?
肌膚

我要如何讓肌膚白回來？

你是否擁有某種特質？

Do you have...?

Do you have a <u>dull</u> <u>complexion</u>?
暗沉的　　膚色

你有膚色暗沉嗎？

你是否認為…？

Do you think...?

Do you think that <u>fair skin</u> <u>equals</u>
白皙的　　　等於
beauty?

你認為皮膚白皙等同於美麗嗎？

你平常是否會…？

Do you...?

Do you use <u>name-brand</u> skin care
名牌的
products?

你平常會用名牌的肌膚保養品嗎？

主動表達・回應話題不詞窮：

清潔

cleanliness

Cleanliness is the most important thing for skin care.
清潔是保養肌膚最重要的事。

按摩臉部

massage one's face

It's said that **massaging your face** will improve flabby muscles.
據說按摩臉部會改善鬆弛的肌肉。

美白產品

skin whitening product

Skin whitening products are popular in summer.
美白產品會在夏天熱賣。

有助皮膚
水噹噹

help one's skin glow

Getting enough sleep will **help your skin glow**.
取得充足的睡眠會促進你的皮膚水噹噹。

多吃水果
蔬菜

eating more fruits and vegetables

Eating more fruits and vegetables is the simplest way to beauty.
多吃水果蔬菜是最簡單的美容方法。

愛美要付出代價

沒有醜女人，只有懶女人。
There are no ugly women, only lazy ones.

台灣的女生超愛用面膜。
Girls in Taiwan love beauty masks.

女生都願意在美容產品上花大錢。
All girls are happy to spend a fortune on beauty products.

單字　massage 按摩／flabby 鬆弛的／muscle 肌肉／glow 容光煥發、發出光澤／fortune 巨款、財產

Q 主動提問・延續話題不冷場：

已經瘦了多少公斤？

How many…have you…?

How many <u>kilograms</u> have you lost?
公斤

你瘦了多少公斤？

未來是否會有…？

Will there be…?

Will there be any <u>side effects</u> to taking
副作用
the <u>diet pills</u>?
減肥藥

吃減肥藥會不會有副作用？

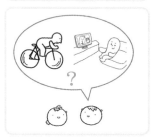

哪一種類型？

What kind of…?

What kind of person <u>tends to</u> gain
傾向…、易於…
weight?

哪一種類型的人容易變胖？

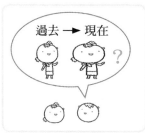

現在是否已變成某種狀態？

Have you…?

Have you <u>put on</u> some weight <u>lately</u>?
增加　　　　　　　最近地

你最近變胖了嗎？

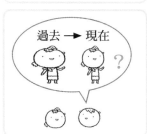

現在是否已達成之前的預定目標？

Have you…?

Have you lost weight <u>successfully</u>?
成功地

你減重成功了嗎？

主動表達・回應話題不詞窮：

減肥藥

diet pill

Don't just take any **diet pills**.
不能亂吃減肥藥。

太瘦

be too thin

It's not good to **be too thin**.
太瘦並不健康。

為了穿上
這件洋裝

to put on this dress

I've decided to lose enough weight to be able **to put on this dress**.
為了穿上這件洋裝，我決定要減肥。

騙人的

fake

Many ads about weight loss are **fake**.
很多減肥廣告都是騙人的。

意志力

willpower

It takes **willpower** to lose weight.
減肥要靠意志力。

幹麼減肥？！

減肥彷彿成了全民運動。
It seems that weight loss has become a social movement.

幹麼減肥？！你又不胖。
Lose weight? Why bother! You're not fat.

單字　ad 廣告／social movement 全民運動／bother 煩惱、費心

69 整型話題

Q 主動提問．延續話題不冷場：

你是否擔
心…？

Do you worry…?

Do you worry about the possible side
可能的　副作用
effects of plastic surgery?
整形手術

你會擔心整型可能帶來的副作用嗎？

過去到現在，
是否曾經做
過…？

Have you ever…?

Have you ever had plastic surgery?

你曾經做過整型手術嗎？

整型手術是否
將會…？

Will plastic surgery…?

Will plastic surgery make you more
confident?
自信的

整型手術將會讓你更有自信嗎？

是否想要做某
事？

Would you like to…?

Would you like to have breast
隆乳
implants?

你想要做隆乳手術嗎？

你不能接受…
嗎？

Can't you…?

Can't you accept the way you look
狀況、方式　　看起來
right now?

你不能接受自己目前的樣子嗎？

主動表達・回應話題不詞窮：

割雙眼皮

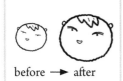

before → after

get double-folded eyelids

Many people have plastic surgery to get double-folded eyelids.

很多人會去整型割雙眼皮。

隆鼻手術

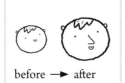

before → after

nose job

There are many people who have had nose jobs.

有很多人曾經做過隆鼻手術。

抽脂手術

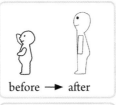

before → after

liposuction

Liposuction is the most popular form of plastic surgery.

抽脂手術是最熱門的整型項目。

拉皮

before → after

tighten one's skin

I'm going to tighten my skin when I get older.

等我年紀大的時候一定會去拉皮。

整形失敗
的例子

failed

failed example of plastic surgery

Actually, there are many failed examples of plastic surgery.

事實上，有很多整型失敗的例子。

暑假是 "修修臉" 的好時機

很多學生利用暑假整型。

Many students get plastic surgery during summer vacation.

現今的整型手術可以做得很自然。

Plastic surgery nowadays can be done very naturally.

單字 plastic 整型的／double-folded 雙層的／eyelid 眼皮／job 美容手術（非正式用語）／
liposuction 抽脂手術／form 類型、種類／tighten 使…變緊／failed 失敗的／nowadays 現今

MP3 155

Q 主動提問‧延續話題不冷場：

什麼是最近一直…的？

What has been…?

What has been the most popular <u>gossip</u> recently?
八卦

最近這段時間最熱門的八卦是什麼？

你是否會…？

Do you…?

Do you believe the <u>articles</u> in gossip
報導
magazines?

你相信八卦雜誌裡的報導嗎？

看法是什麼？

What is…?

What is your view on the <u>paparazzi</u>?
狗仔隊

你對狗仔隊的看法是什麼？

男主角是誰？

Who is…?

Who is the <u>leading man</u> in this
男主角
<u>love affair</u>?
緋聞

誰是這次緋聞的男主角？

你是否認為…？

Do you think…?

Do you think that it's <u>worth</u> it to
值得
report so <u>exhaustively</u> on <u>entertainers'</u>
鉅細靡遺地   演藝人員
love affairs?

你覺得藝人的緋聞值得這麼詳細地報導嗎？

A 主動表達・回應話題不詞窮：

八卦

gossip

Many people like to **gossip**.
很多人愛聊八卦。

偷拍

take a sneaky shot

Paparazzi love to **take sneaky shots** of celebrities' private lives.
狗仔隊很愛偷拍名人隱私。

緋聞

love affair

The **love affairs** of celebrities are also focuses of interest.
名人的緋聞也是大家感興趣的焦點。

醜聞

scandal

Public **scandals** cause many people to lose their standing and reputation.
公諸於世的醜聞會導致很多人身敗名裂。

憑空捏造

make up

Much gossip is simply **made up**.
很多八卦只是被人憑空捏造的。

媒體都變得很八卦

電視新聞也越來越八卦。
There has been more and more gossip on the TV news.
我覺得政府應該約束一下媒體。
I think that the government should restrict the media.

單字 paparazzi 狗仔隊／sneaky 偷偷摸摸的／celebrity 名人／private 私人的／love affair 戀愛關係／interest 興趣／public 公開的、眾所皆知的／standing 地位、身分／reputation 名聲／make up 杜撰（故事或謊言等）／restrict 限制、規範／media 媒體

71 捷運話題

Q 主動提問・延續話題不冷場:

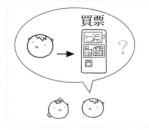

我該如何做某事?

How do I...?

How do I buy a ticket to take the MRT?
　　　　　　 票券　　 搭乘

我該如何買票搭乘捷運?

…是幾點?

What time...?

What time is the first train of the
　　　　　　　　　　首班車
MRT?

捷運的首班車是幾點?

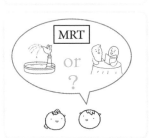

是否存在…
或…?

Are there...or...?

Are there any hot spots or restaurants
　　　　　　　　 景點
around the MRT?

捷運附近有熱門景點或餐廳嗎?

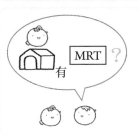

是否存在有某物?

Is there...?

Is there an MRT station near your
place?
住所

你的住家附近有捷運站嗎?

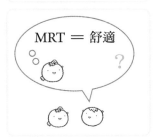

你覺得…嗎?

Do you think...?

Do you think the Taipei MRT is
comfortable?
　　 舒適的

你覺得台北捷運舒適嗎?

244

A 主動表達・回應話題不詞窮：

搭捷運上
班

take the MRT to work

There are many people who take the MRT to work.

很多人會搭捷運上班。

悠遊卡

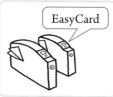

EasyCard

Almost everyone uses EasyCards to take the MRT.

幾乎大家都用悠遊卡搭捷運。

最低票價

車資表			
35	30	25	25
20	20	25	25
20	20	25	30

the lowest

the lowest fare

The lowest fare of the Taipei MRT is NT$20.

台北捷運的最低票價是 20 元。

轉乘車站

transfer station

Taipei Main Station is the main transfer station.

台北車站是主要的轉乘車站。

末班車

12:00

the last

the last train

The last train boards at about twelve AM.

末班車提供載客的時間大約是晚上十二點。

帶 "鐵馬" 也能搭捷運

台北捷運很方便。

The MRT system in Taipei is really convenient.

假日時，可以帶腳踏車搭捷運。

You can take your bike on the MRT during holidays.

單字　fare 車資／main 主要的／transfer 轉乘／board 提供乘客搭乘（交通工具）／system 系統

Q 主動提問・延續話題不冷場：

詢問目前的天氣狀態？

How is...?

How is the <u>weather</u> today?
天氣

今天天氣如何？

最愛的是什麼？

What is...?

What is your favorite <u>season</u>?
季節

你最愛的季節是什麼？

從過去到現在，天氣是否持續某種狀態…？

Has it...?

Has it rained often <u>lately</u>?
最近

最近經常下雨嗎？

你是否習慣…？

Are you used to...?

Are you <u>used to</u> the weather in
習慣於…
Taiwan?

你習慣台灣的天氣嗎？

你喜歡…或…？

Do you like...or...?

Do you like <u>summer</u> or <u>winter</u>?
夏天　　　　冬天

你喜歡夏天或冬天？

主動表達・回應話題不詞窮：

炎熱的

hot

It's been particularly **hot** this summer.
今年夏天持續著特別炎熱的狀態。
（今年整個夏天格外炎熱。）

天氣放晴

clear up

It's finally **clearing up** today.
今天天氣總算放晴了！

豪雨特報

a heavy rain alert

There have been many **heavy-rain alerts** lately.
最近有很多豪雨特報。

梅雨季節

rainy season

The **rainy season** is about to begin.
梅雨季節即將開始。

颱風

typhoon

Typhoons occur most frequently between July and August.
颱風最常出現在七、八月。

關於 "氣象預報"

今天的氣象預報怎麼說？
What does the weather forecast say?

氣象預報有時候不準。
The weather forecast is sometimes inaccurate.

氣象預報說週末有機會下雨。
The weather forecast says that there's a good chance it will rain this weekend.

單字 particularly 特別地／heavy rain 豪雨／alert 警報／occur 出現／frequently 頻繁地／weather forecast 氣象預報／inaccurate 不精確的

Q 主動提問・延續話題不冷場：

接下來將會做
什麼？

What will…?

What will you do if you <u>win</u> the
　　　　　　　　　　　　　贏得
lottery?

如果中樂透，你將會做什麼？

台灣人是否處
於某種狀態？

Are Taiwanese people…?

Are Taiwanese people <u>into</u> the <u>lottery</u>?
　　　　　　　　　　　　　著迷　　　　樂透

台灣人很熱衷樂透嗎？

你平常是否
會…？

Do you…?

Do you let the computer <u>pick</u> the
　　　　　　　　　　　　　挑選
numbers for you?

你平常會使用電腦選號嗎？

過去到現在，
是否做過…？

Have you…?

Have you bought any lottery tickets?

你曾經買過樂透彩券嗎？

過去到現在，
是否曾經…？

Have you ever…?

Have you ever won the lottery?

你曾經中過樂透嗎？

A 主動表達・回應話題不詞窮：

投注樂透彩

play the lottery

I **play the lottery** every week.
我每星期都會投注樂透彩。

頭彩獎金累積到…

the jackpot is up to…

This time **the jackpot is up to** one billion NT.
這一期的頭彩獎金累積到十億台幣。

沒中頭獎

miss the jackpot

I **miss the jackpot** every time.
我每次都沒中頭獎。

中頭獎

hit the jackpot

Everybody hopes to **hit the jackpot**.
每個人都希望中頭獎。

千萬富翁

multimillionaire

The lottery has made many **multimillionaires**.
樂透已經造就了很多千萬富翁。

快來試手氣，下一個頭彩得主說不定就是你！

這次獎金上看十億，要不要去買張樂透？
The lottery is up to one billion; wanna go get a ticket?

有人告訴我這組號碼中獎機率高。
Someone told me this combination is sure to win.

單字　play 投注金錢在…上／jackpot 賭博或樂透的頭獎獎金／up 增加地／billion 十億／miss 未得到／hit 猜對／multimillionaire 千萬富翁／ticket 票券／combination 一組號碼

主動提問・延續話題不冷場：

為過去的某事花了多少錢？

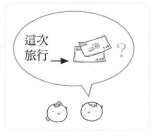

How much did you...?

How much did you <u>pay</u> for this trip?
付錢

這次旅行你花了多少錢？

你多久做一次某事？

How often do you...?

How often do you <u>arrange</u> trips
安排、規劃
abroad?

你多久會安排一次出國旅遊？

過去到現在，去過哪些國家？

Which countries have you...?

Which <u>countries</u> have you been to?
國家

你曾經去過哪幾個國家？

你通常偏好…或…？

Do you prefer...or...?

Do you <u>prefer</u> <u>domestic</u> travel or
偏好　　　國內的
<u>foreign</u> tours?
國外的

你通常偏好國內旅遊還是國外旅遊？

你是否可以推薦…？

Can you...?

Can you <u>recommend</u> any <u>good-quality</u>
推薦　　　　　品質好的
travel <u>agencies</u>?
仲介、代辦處

你能推薦品質好的旅行社嗎？

主動表達・回應話題不詞窮：

自助旅行

一個人

travel on one's own

I like to **travel on my own**.
我喜歡自助旅行。

旅行團

旅行團

travel group

I usually go with **travel groups**.
我通常會跟旅行團一起去。

出國旅遊

go abroad for touring

I **go abroad for touring** every year.
我每年出國旅遊一次。

旅遊資訊

travel information

I go online to search for **travel information**.
我會上網查詢旅遊資訊。

旅遊旺季

七月
八月

peak season for tourism

July and August are the **peak season for tourism**.
七、八月是旅遊旺季。

"一分錢一分貨"、"走馬看花" 怎麼說？

旅遊品質是一分錢一分貨
When you travel, you get what you pay for.

我喜歡精緻旅遊，不喜歡走馬看花。
I prefer having a nice trip to giving only a passing glance at things.

單字 abroad 國外地／search for… 查詢…／peak 高峰的／tourism 旅遊／prefer＋動詞ing＋to＋動詞ing 寧可…也不願…／give a glance at… 瞥過…／passing 短暫的

251

75 健康話題

Q 主動提問 · 延續話題不冷場：

你是否正變成
某種狀態？

Are you getting…?

Are you getting any <u>better</u>?
　　　　　　　　　　更好的

你（身體）好一點了嗎？

是否慣性做某
事？

Do you…?

Do you <u>exercise</u> regularly?
　　　　運動

你平常經常運動嗎？

過去到現在，
是否曾經…？

Have you…?

Have you felt <u>like this</u> before?
　　　　　　　像這樣

你（身體）以前曾經有過這種感覺嗎？

是否已經做了
某事？

Have you…?

Have you gone to the <u>doctor</u>?
　　　　　　　　　　醫生

你已經去看醫生了嗎？

當時說什麼？

What did…?

What did the doctor say?

當時醫生說什麼？

主動表達・回應話題不詞窮：

規律運動

regular exercise

Regular exercise keeps you healthy.
規律的運動讓你保持身體健康。

維持規律
生活

keep regular hours

I'm trying to **keep** more **regular hours**.
我正試圖讓生活變得更加規律。

避免熬夜

熬夜＝NG

avoid staying up late

Avoid staying up late once you reach a certain age.
人到了一定的年紀時，就要避免熬夜。

補充鈣質

鈣

replenish calcium

The elderly must **replenish** their **calcium** more.
老年人一定要多加補充鈣質。

腰痠背痛

痛～

get pains in one's waist and back

I've been **getting pains in my waist and back** for some time.
我最近一直會腰痠背痛。

健康會消逝・罹癌人口多

人過了三十，身體會差很多。
You can't keep the same shape once you pass thirty.
現代人罹患癌症的愈來愈多。
There are more and more people getting cancer in modern times.

單字　stay up late 熬夜／reach 到達／certain 特定的／elderly 年長的／replenish 補充／calcium 鈣
／keep …shape 維持（身體）健康／pass 超過／cancer 癌症

Q 主動提問・延續話題不冷場：

哪一個政黨？

Which political party...?

Which political party do you
政黨

support?
支持

你支持哪一個政黨？

是否有某種情緒？

Are you...?

Are you passionate about politics?
熱情的

你對政治充滿熱情嗎？

你是否經常…？

Do you often...?

Do you often watch those call-in
邀請觀眾打電話進來的

shows?

你經常會看 call-in 節目嗎？

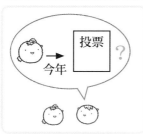

之前是否做了某事？

Did you...?

Did you vote this year?
投票

你今年有投票嗎？

過去到現在，是否曾經參與…？

Have you...?

Have you participated in a protest
參加   抗議

march?
遊行

你曾經參與抗議示威遊行嗎？

主動表達・回應話題不詞窮：

無黨無派		**have no political affiliation** I **have no political affiliation**. 我沒有加入任何政黨。
執政黨		**the ruling party** I support **the ruling party**. 我支持執政黨。
投票		**voting** **Voting** is a civic right. 投票是公民的權利。
貪汙		**corruption** Politics is often linked to **corruption**. 政治經常和貪污扯上關係。
賄選		**vote-buying** **Vote-buying** is illegal. 賄選是違法的。

政治人物

許多政治人物愛作秀。／許多政治人物令人失望。

Many politicians love to show off. / Many politicians disappoint people.

真正替人民做事的政治人物實在不多。

There are not many politicians who really serve the people.

單字　affiliation 入黨／support 支持／ruling 統治／civic 公民的／right 權利／be linked to…與…有關／illegal 違法的／politician 政治人物／show off 賣弄／disappoint 使人失望／serve 為…服務

Q 主動提問・延續話題不冷場：

治安是否有某種特質？

Is the public safety...?

Is the public safety around your
治安
neighborhood good?
鄰近地區

你家附近的治安好嗎？

某事安全嗎？

Is it...to...?

Is it safe for you **to** __return home__ so
回家
late?

你這麼晚回家安全嗎？

你覺得…呢？

Do you think...?

Do you think public safety is good or
not?

你覺得治安好不好？

過去到現在，
是否曾經被…？

Have you been...?

Have you been __robbed__ before?
搶劫

你以前曾經被搶劫過嗎？

過去到現在，
是否曾經…？

Have you ever...?

Have you ever received a phone call
from __scammers__?
詐騙者

你曾經接過詐騙集團打來的電話嗎？

主動表達・回應話題不詞窮：

治安

public safety
Public safety is getting worse and worse.
治安變得越來越差了。

警民合作

cooperation between civilians and police
Cooperation between civilians and police is very important.
警民合作非常重要。

巡邏隊

patrol team
Many communities have formed their own **patrol teams**.
很多社區都組織了自己的巡邏隊。

性交易

prostitution
Prostitution is everywhere.
到處都有性交易。

詐騙

fraud
Fraud is becoming more and more frequent.
詐騙變得越來越常見。

詐騙案件層出不窮

今天我接到一通詐騙電話。
I received a fraudulent phone call today.

手機和網路讓犯罪變得更容易。
Mobile phones and the Internet make it easier to commit crimes.

單字 safety 安全／cooperation 合作／civilian 公民／community 社區／form 成立、組織／patrol 巡邏／frequent 常見的／fraudulent 詐騙的／commit 犯下／crime 罪行

78 貧與富話題

Q 主動提問・延續話題不冷場：

有錢人是否是某種狀況？

Are the rich…?

Are the rich definitely happier than the poor?
　　　　有錢人　一定地　　　　　　　窮人

有錢人一定比窮人快樂嗎？

金錢是否有某種特質？

Is money…?

Is money omnipotent?
　　　　　　萬能的

金錢是萬能的嗎？

你是否認為…？

Do you think…?

Do you think that it is necessary to levy higher taxes on the rich?
　　　　　　　　徵收（稅）

你是否認為有必要向有錢人徵收較高的稅？

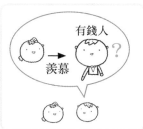

你是否會…？

Do you…?

Do you envy the rich?
　　　　　羨慕

你羨慕有錢人嗎？

你平常是否會…？

Do you…?

Do you regularly donate to charity?
　　　　　　　　捐款　　　慈善團體

你平常會定期捐款給慈善團體嗎？

主動表達・回應話題不詞窮：

薪水變薄

smaller salaries

Rising commodity prices equal **smaller salaries**.
物價越來越高，等於薪水越來越薄。

沒有房子

don't have a house

Many people **don't have a house** to live in.
很多人沒有房子可住。

流浪漢

vagrant

There are more and more **vagrants** on the street.
街上的流浪漢愈來愈多。

生活貧困

live in want

Many people **live in want**.
很多人生活貧困。

貧富差距

the gap between the poor and the rich

The gap between the poor and the rich is
getting wider and wider in our society.
我們的社會貧富差距變得越來越大。

貧富兩樣情

有錢人一餐可以花上幾萬元。
The rich can spend tens of thousands on a meal.

有些人連小孩的營養午餐費都繳不出來。
Some people can't even pay their children's lunch money.

單字　rising 上升的／commodity 商品、日用品／want 物資缺乏的／gap 隔閡、差距／society 社會
　　　／meal 一餐

Q 主動提問‧延續話題不冷場：

為什麼會
做…？

Why do…?

Why do <u>teenagers</u> become <u>addicted to</u>
　　　　青少年　　　　　　沉溺於不良嗜好
<u>drugs</u>?
麻醉藥品、毒品

為什麼青少年會染上毒癮？

為什麼無法
做…？

Why can't…?

Why can't the youth of this <u>generation</u>
　　　　　　　　　　　　　　世代
<u>endure</u> <u>frustration</u>?
忍受　　挫折

這個世代的年輕人為什麼無法忍受挫折？

一直以來，家
長和老師是否
做了…？

Have parents and teachers…?

Have parents and teachers done
something <u>wrong</u>?
　　　　錯誤的

家長們和老師們是不是做錯了什麼？

年輕人是否處
於某種狀態？

Are young people…?

Are young people <u>nowadays</u> under
　　　　　　　　現在
too much <u>pressure</u>?
　　　　壓力

現在的年輕人是壓力太大了嗎？

你是否有能力
做…？

Can you…?

Can you <u>communicate</u> with your
　　　　溝通
child?
你可以和你的小孩溝通嗎？

主動表達・回應話題不詞窮：

溝通

communicate

I don't know how to **communicate** with my children.

我不知道如何和我的孩子溝通。

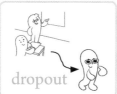

中輟生

dropout student

Society should help **dropout students** return to school.

社會應該幫助中輟生重返校園。

不健全家庭

父母爭吵

unhealthy family

Unhealthy families often produce troubled youth.

不健全的家庭經常會教育出問題青年。

翹家

run away from home

Many youth have had the experience of **running away from home**.

很多青少年都有過翹家的經驗。

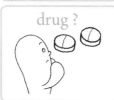

drug ?

毒品

drug

Some young people don't have the strength to avoid **drugs**.

有些青少年沒有能力避開毒品。

太早熟・抗拒教條式

現在的青少年都太早熟。　　Youth today mature too early.

青少年很難接受教條式的訓導。

Young people do not take well to dogmatic discipline.

單字　society 社會／unhealthy 不健康的／produce 生育／troubled 有問題的／experience 經驗／run away 逃離／strength 力量／avoid 迴避／mature 變成熟／take 接受／well 滿意地／dogmatic 固執己見的、教條式的／discipline 訓導

261

Q 主動提問・延續話題不冷場：

你多久以前…？

How long ago did you…?

How long ago did you <u>enter</u> the <u>work</u>
　　　　　　　　　　　進入　　　　職場
<u>force</u>?

你多久以前進入職場？

對工作是否有
某種情緒？

Are you…?

Are you <u>satisfied</u> with your <u>current</u>
　　　　滿意　　　　　　　　　目前的
job?

你滿意目前的工作嗎？

你擔心…嗎？

Do you worry…?

Do you worry about <u>layoffs</u> and <u>pay</u>
　　　　　　　　　　裁員　　　　　減薪
<u>cuts</u>?

你擔心裁員減薪嗎？

你是否感
到…？

Do you feel…?

Do you feel <u>tired</u> of your job?
　　　　　　疲倦的

你對於工作感到疲倦嗎？

是否已經做了
某事？

Have you…?

Have you already made your
<u>retirement</u> plan?
　退休

你已經做好退休規畫了嗎？

主動表達．回應話題不詞窮：

私人企業

private company

I started working for a **private company** right after graduating from college.
我大學畢業後就進入私人企業工作了。

跳槽

jump ship

It's fairly common for a worker to **jump ship** when another company offers better pay or more benefits.
當其他公司提供更好的待遇或福利時，工作者跳槽是很正常的。

加班

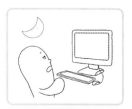

work overtime

Nobody likes to **work overtime**.
沒有人喜歡加班。

符合預期目標的壓力

stress of meeting performance expectation

A lot of jobs involve the **stress of meeting performance expectations**.
許多工作都有達到預期目標的壓力。

職業傷害

occupational injury

Some jobs carry a greater danger of **occupational injury**.
有些工作帶有較高的職業傷害危險性。

上班族壓力大！

工作量大增，已經是每個行業的常態。
Significant increases in work have become the norm in every industry.

單字 private 私人的／fairly 相當地／common 正常的／benefit 福利／overtime 超時地／involve 涉及／meet 符合／performance 工作表現／expectation 預期／carry 帶有／occupational 職業的／injury 傷害／significant 明顯的／increase 增加／norm 常態

81 失業話題

Q 主動提問・延續話題不冷場：

某狀態已經持續多久？

How long have you...?

How long have you been <u>unemployed</u>?
失業的

你已經失業多久了？

為什麼處於某種狀態？

Why are...?

Why are you unemployed?

為什麼你會失業？

你是否扮演某種角色？

Are you...?

Are you the only <u>breadwinner</u> in your
負擔生計的人
family?

你是你們家裡唯一負擔家計的人嗎？

你是否需要…？

Do you need...?

Do you need my <u>help</u> in <u>looking for</u>
幫忙　　　　尋找
work?

你需要我幫你找工作嗎？

你當時是否…？

Did you...?

Did you <u>get compensated</u> for your
得到補償
<u>dismissal</u>?
解雇

你當時有領到遣散費嗎？

主動表達・回應話題不詞窮：

失業率

unemployment rate

The **unemployment rate** is getting higher and higher.
失業率變得愈來愈高。

公司惡性
倒閉

vicious company closedown

Employees haven't received their salaries due to **vicious company closedowns**.
由於公司惡性倒閉，員工還沒領到他們的薪水。

中年失業

middle-aged unemployment

Middle-aged unemployment is a pitiful situation.
中年失業是令人同情的處境。

遣散費

compensate for dismissal

My company **compensated** me **for** my **dismissal** with three months' pay.
公司給了我三個月的遣散費。

失業救濟
金

unemployment relief check

I receive an **unemployment relief check** every month.
我每個月都會領到失業救濟金。

失業後仍有機會東山再起

政府舉辦了失業勞工訓練課程。
The government has a training program for unemployed laborers.

失業後有人選擇自行創業。
Some people choose to start their own businesses after becoming unemployed.

單字　unemployment 失業／vicious 惡性的／closedown 倒閉／pitiful 可憐的／situation 情況／
compensate 補償／dismissal 解雇／relief 救濟／training program 訓練課程／unemployed
失業的／laborer 勞工

265

檸檬樹出版社
Lemon Tree Publishing House

Fly 飛系列 08

專門替華人寫的圖解英語會話：
從「疑問詞核心字義」，掌握「說對第一個字」的關鍵發言！【附 MP3】

初版一刷　2013 年 12 月 19 日

作者	檸檬樹英語教學團隊
封面設計	陳文德
版型設計	洪素貞
英語錄音	Stephanie Buckley
責任編輯	蔡依婷
協力編輯	蕭倢伃

發行人	江媛珍
社長‧總編輯	何聖心
出版者	檸檬樹國際書版有限公司 檸檬樹出版社
	E-mail：lemontree@booknews.com.tw
	地址：新北市235中和區中安街80號3樓
	電話‧傳真：02-29271121‧02-29272336
會計‧客服	方靖淳
法律顧問	第一國際法律事務所 余淑杏律師

全球總經銷‧印務代理	知遠文化事業有限公司
網路書城	http://www.booknews.com.tw 博訊書網
	電話：02-26648800　傳真：02-26648801
	地址：新北市222深坑區北深路三段155巷25號5樓

港澳地區經銷	和平圖書有限公司
	電話：852-28046687　傳真：850-28046409
	地址：香港柴灣嘉業街12號百樂門大廈17樓

定價	台幣350元／港幣117元
劃撥帳號	戶名：19726702‧檸檬樹國際書版有限公司
	‧單次購書金額未達300元，請另付40元郵資
	‧信用卡‧劃撥購書需7-10個工作天

專門替華人寫的圖解英語會話 / 檸檬樹英
語教學團隊著. -- 初版. -- 新北市：檸檬樹,
2013.12
面；　公分. --（Fly 飛系列；8）
ISBN 978-986-6703-68-3（平裝附光碟片）
1.英語 2.會話
805.188　　　　　　　　　　102008888

檸檬樹出版

檸檬樹出版